Chara

鼎愛
—TEIAI—

キャラ文庫

この作品はフィクションです。
実在の人物・団体・事件などにはいっさい関係ありません。

目次

口絵・本文イラスト／嵩梨ナオト

1

大道寺雅孝《だいどうじまさたか》が仕事をできる限り早く片づけてホテルのボールルームに駆けつけたとき、沼崎《ぬまざき》商事創業百周年祝賀パーティーはすでに始まっていた。

沼崎グループ会長と沼崎商事社長による挨拶《あいさつ》および乾杯の音頭取りもすんだあとで、間仕切りを取り払って最大限に広くしたボールルームは和やかなざわめきと談笑に包まれている。

二千人に上る招待客の中には、政財界の重鎮や著名な文化人、各国の大使夫妻などそうそうたる顔ぶれが多く見受けられ、パーティーに箔《はく》をつけている。さすがはグループの中核をなす沼崎商事の百周年を祝う集まりだ。

平均年齢も高めで、この場においては二十七歳の大道寺などひよっこ同然だが、沼崎グループを取り仕切る沼崎家とは物心がつく前から家族ぐるみの付き合いをさせてもらっているので、微塵《みじん》も臆することはない。来客の多くがタキシードで決めている中、普段着ているのとさして変わらないスーツ姿だが気にもならなかった。場慣れしている分、堂々としていられる。

「さて。佑希哉《ゆきや》のやつはどこにいるのやら」

あまりにも広い会場、そして人の多さに辟易《へきえき》しつつ、会場の入り口付近で受け取ったシャンパングラスを手に親友の姿を捜して回る。

「ぜひ来てくれ」と佑希哉から直接招待状を手渡されたのは十日ほど前だ。

パーティーなんて面倒くさいものは好きじゃないと渋ったのだが、佑希哉はどうしてもと引かなかった。

「きみにぜひ紹介したい人がいるんだ」

いかにもいいところの御曹司《おんぞうし》然とした気品漂う顔をほのかに赤らめ、照れくさそうにしながらそう言われては行かないわけにはいかず、出席すると約束した。他ならぬ佑希哉の頼みだ。

大道寺と佑希哉ははとこの関係にあり、歳も同じで、幼稚園から大学まで同じ学校で一貫教育を受けた。卒業後、佑希哉は一族が経営権を握っている沼崎商事に入社し、平の営業から順調にステップアップして、現在は営業企画部で課長を務めている。ゆくゆくは役員となり、経営に関わる立場になることを約束された超エリートだ。

趣味が高じて私立探偵事務所を開き、所長兼調査員の肩書きで好きな仕事をしている大道寺とは、今やすっかり道が分かれた感がある。学生時代に比べると、顔を合わせる機会もめっきり減った。

それでも友情は揺るぎなく、二人の関係は昔と変わらず親密だ。何かあれば相談し、打ち明け合うので、互いについて知らないことはほぼないと言っていい。今度の件もしかりだ。紹介したい人がいると佑希哉から聞いたとき、ついに眼鏡に適《かな》う相手を見つけたかと大道寺は自分のことのように嬉《うれ》しかった。同時に一抹の寂しさを感じてもいた。

佑希哉は決して惚れっぽい質《たち》ではない。むしろ奥手のほうだ。王子様めいた甘く上品な容貌に、育ちのよさが滲《にじ》み出た優雅な佇《たたず》まいをしていて、憧れのまなざしを向ける女性は小学生の頃から引きもきらなかった。だが、本人は恋愛にあまり関心がなく、高校まではどんな可愛《かわい》い子や賢い子に告白されても断っていた。大学に進んでからは、学部の違う大道寺が始終傍にいることがなくなったせいか、積極的に声をかけてくる女性が増えたらしく、一時期才色兼備の美女と付き合っていた。押しの強い自信家の女性で、佑希哉とは合いそうにないと思っていたら、予想通り半年もせずに別れた。別れたときの佑希哉のホッとした顔を大道寺は今も覚えている。

以来ずっと佑希哉は恋人を作らず、二ヵ月ほど前に会って食事をしたときにも、「お互いまだ当分身を固められそうにないな」と話していたのだが、その後思いがけない出会いがあったらしい。

佑希哉を夢中にさせたのはいったいどんな女性か、大道寺も興味がある。両親をはじめ親族が一堂に会する盛大なパーティーに同伴するからには、結婚前提の交際をしているのだろう。

真面目な佑希哉が今さら遊びの恋愛をするとも思えない。容姿はともかく、気立てがよくて裏表のない女性なら、大道寺も心から祝福してやれる。親友を奪われる不満はなきにしもあらずだが、気ままに生きられる大道寺と違って佑希哉には沼崎家の三男という立場がある。いずれは誰かと結婚するだろうと承知していたので、ショックはなかった。

「雅孝」

会場の真ん中あたりに来たところで後ろから声をかけられた。

振り向くと、捜していた佑希哉の姿がそこにある。

「やぁ。今ちょうどおまえを見つけようと歩き回っていたところだ。開宴時間に間に合わなくてすまなかったな」

「忙しそうだったのに無理を言って来てもらっただけでありがたいよ」

「いや。大事な節目を祝う会だ。あらためまして百周年おめでとう」

「おかげさまで。ありがとう。僕はまだ何も貢献できていないけどね」

佑希哉はスマートに受けてにっこり微笑《ほほえ》むと、背後に控えていた女性を傍らに進ませ、大道寺と対面させた。

「紹介するよ。こちら藤倉《ふじくら》しのぶさん。しのぶさん、彼は僕のはとこで幼馴染《おさなな じ》みの大道寺雅孝。ぶっきらぼうで愛想のない男だけど、根はいいやつで僕の一番の理解者だから怖がらないで」

「おいおい。失礼なやつだな。のっけから一言も二言もよけいだぞ」

大道寺は佑希哉の紹介の仕方に呆《あき》れ、抗議しながらも、もうこれだけでいかに佑希哉が彼女に夢中なのかわかって、苦笑を禁じ得なかった。佑希哉がこんな軽口を叩《たた》くのは、よほど気分が昂揚《こうよう》しているときに限られる。

なるほど、と大道寺はしのぶを見て目を細めた。

確かにしのぶは佑希哉が惹かれるのもわかる清楚《せいそ》で淑《しと》やかな印象の女性だ。透明感のある肌に吸い込まれるような瞳、艶やかな長い髪と、一目見たら忘れられない美貌をしている。小作りな顔に目鼻口が絶妙なバランスで配されており、気品があって、純文学にでも出てきそうな可憐《かれん》な少女を思わせる。

二十歳は過ぎているだろうに、擦《す》れた感じがまったくせず、初々しい世間知らずのお嬢さんといった雰囲気だ。控えめでおっとりしていそうなところも庇護《ひご》欲を掻《か》き立て、守ってやりたい気持ちにさせるのかもしれない。

今時、珍しいくらい純真無垢《むく》なタイプに見えた。

佑希哉が選んだ女性らしいと言えばらしい。言い寄る女は山ほどいたに違いないが、自分から声をかけるとすれば、まさにこういう女性だろう。大道寺に会わせたがるくらい本気の相手だ。佑希哉にカノジョを紹介されるのは初めてだった。

「はじめまして」

長い睫毛《まつげ》に縁取られた黒い瞳を見据え、大道寺はしのぶに挨拶した。

大道寺の強い視線に気圧《けお》されたのか、しのぶは身を硬くして僅《わず》かに後退《あとずさ》る。

「取って食いやしませんから、逃げなくても大丈夫ですよ」

軽口を叩く調子でからかうと、しのぶはぎこちなく微笑み返してきた。

「あ、いえ、そんな」

どう応じればいいのか困った顔をしながらも、目はちゃんと大道寺に向ける。

穏やかな、落ち着き払ったまなざしで見つめられ、大道寺はほうと感心した。風に吹かれただけで折れそうな佇まいをしているが、案外芯は強いのかもしれない。つい人間観察をしてしまう。職業柄もあるが、これはもう癖のようなものだ。

見た感じのたおやかさを裏切る意外性を隠し持っている気がして、大道寺はちょっとしのぶに興味が湧いてきた。

あらためてほっそりとした全身に視線を走らせる。

ボディラインを強調しすぎない上品なドレス、ポイントを押さえたアクセサリー使い。手入れの行き届いた白い肌、髪、爪。華美でもなければ地味でもなく、誰が見ても好感を抱くであろう出で立ちだ。そつがない。

きちんとしたお嬢さんという感じで、これなら佑希哉の両親と兄二人も気に入るだろう。

できれば大道寺も親友の恋を応援してやりたいが、どうも大道寺は昔から捻《ひね》くれているらしく、目に映るものをそのまま信じることができない質だ。綺麗であればあるほど、完璧そうに見えれば見えるほど、疑ってかかる癖がある。何に対しても、裏がないか一度は探らずにはいられない。しのぶのことも、本当に見た目通りの女だろうか、佑希哉に対して純粋に恋愛感情を抱いているのだろうかと慎重になった。我ながら嫌な性分だ。

しかし、佑希哉のような地位も財産もある人間は、そのくらい注意深くなったほうがいい。甘い蜜を吸おうとあの手この手で近づいてくる者は実際いる。佑希哉本人が人を疑うことをよしとしない性格なのは知っているが、だからこそ周りの人間が気をつける必要がある。

本当のところしのぶがどういう人間なのか、大道寺は見極めたいと思った。

「緊張していますか」

大道寺はぐっと声音を優しくし、しのぶを気遣う口調で聞いた。怖い男だと恐れられては警戒されて本心をさらけ出させにくくなる。

傍らで佑希哉がホッとした顔をする。皮肉屋で、初対面の相手に対してもしばしば辛辣《しんらつ》で手厳しい大道寺に、しのぶを傷つけられはしないかと心配していたらしい。

それなら最初から引き合わせなければよさそうなものだが、佑希哉は昔から大道寺にはなんであれ隠し事はしないと決めているらしく、恋人を紹介せずにおくなど考えもしないようだ。口や態度に難はあれど、大道寺に決して悪気がないことを、佑希哉はちゃんとわかってくれている。

「はい」

しのぶは躊躇《ためら》いがちに頷《うなず》く。

「こういう華やかな場は初めてで……」

それはそうだろう。これだけの規模のパーティーに、御曹司の恋人として連れてこられたら、よほど慣れているか図々しくない限り緊張するに違いない。衆目を浴び、羨望《せんぼう》や嫉妬のまなざしに晒《さら》され、粗探ししようと手ぐすね引いている人々に一挙手一投足を厳しく品定めされるのだ。大道寺とてそんな立場に置かれるのは遠慮したい。

「ひょっとして、まだ学生さんですか」

そのくらい若いようにも見えたので念のため聞いてみると、しのぶは軽く目を瞠《みは》り、はにかみながら「いいえ」と首を振る。

「高校を卒業したのが五年前です。今はカフェで働いています」

「うちの社の近くのカフェレストランだ。前に一度きみともランチを食べに行っただろう」

横合いから佑希哉が言い添える。

「ああ、あそこね」

佑希哉と平日の昼間に会うことなどそうそうないので、すぐに思い出す。沼崎商事本社ビルの二つ隣に商業ビルがあり、そこの一階に入っている洒落《しゃれ》た雰囲気の店のことだ。ランチタイムにプリフィクスのコースメニューを提供していて、付近のオフィスに勤めているＯＬやサラリーマンで賑《にぎ》わっている。天気のいい日には、テラス席に座って通りを眺めながらエスプレッソやワインを飲んでいる客がいるような、パリの街角にでもありそうな店だ。値段設定は高めだが、一流企業が軒を並べるオフィス街なので高給取りが多く、客層はかなりいいと言えるだろう。出会いの場としても格好の勤め先かもしれない。

「確かあれは四月だったから、かれこれ半年前か。その頃からもういたの？」

「いえ、私は臨時スタッフの募集がかかったときに雇っていただいたので、勤めだしたのは七月下旬からなんです」

「じゃあ、店に出てまだ三ヵ月？」

それで天下の沼崎グループを牛耳《ぎゅうじ》る沼崎家の三男坊を射止めるとはたいしたものだ。へぇ、と冷やかしをこめて佑希哉を流し見ると、佑希哉はこそばゆそうに微笑する。甘く整った顔に照れと幸せが浮かんでいた。

これはかなり重症のようだ。恋愛経験が少ないだけに、いざ恋に堕《お》ちるや、一気に深みに嵌《は》まったのだろう。ほんのひと月程度付き合ったくらいでもう結婚を考えるに至るとは、相当のぼせている。普段は何をするにも冷静で思慮深いはずの男が、と驚くほかない。

「おまえも隅に置けないな」

いろいろ言いたいことはあったが、彼女の前で口にするわけにもいかず、この場は当たり障りのない会話を続けた。

「自分から声をかけたのか？」

「そう。店で初めて会ったときから気になっていて」

佑希哉は面映ゆそうにしながらも、大道寺に馴れ初めを話したかったようだ。

「二ヵ月くらい前、部下たちと一緒にランチを食べに行ったんだ。店を訪れたのは久しぶりだった。たいてい社員食堂かデリバリーですませるからね。そのときしのぶを見て、一目惚れした。一目惚れなんてしたことなかったから、自分の気持ちが信じ難かったよ。以来、毎日のように通って、しのぶに僕を覚えてもらい、顔を合わせたら一言二言交わすようになった。常連扱いされるまでに十日くらいかかったな。しばらくはそれだけで我慢していたんだが、知り合ってひと月経《た》つ頃には、ずっとこのままでは嫌だと思うようになって。だったら当たって砕けるしかないと腹を括《くく》ったんだ」

「一ヵ月足繁く通ったとはねぇ」

どちらかといえば執着心が薄く、おっとりとしている佑希哉が、こんなふうに積極的な行動に出るのは珍しい。大道寺は半ば呆れ、半ば感嘆する。

「まぁ、しかし、それだけあからさまにアプローチしてたんなら、しのぶさんも薄々おまえの気持ちに気づいていたんじゃないのか」

「それが、気づいてもらえてなかったらしい」

佑希哉は苦笑しながら言って、同意を求めるようにしのぶを見やる。

「はい」

しのぶはじわっと頬を染め、申し訳なさそうに睫毛を揺らす。

「よくお見えになるので、近くの会社にお勤めなんだろうと思っていました。まさか私に会いに来てくださっていたとは想像もしなくて。手紙をいただいたときには、びっくりしました」

「手紙か。そいつはまた古風な告白の仕方をしたものだな」

「ランチタイムの最中、仕事中の彼女とゆっくり話す時間はなかったからね。落ち着いて考えてもらって、返事をしてほしかったし」

「……はい。手紙にそう書いてくださっていたので、一晩じっくり考えて、翌日の昼にまたお目にかかったときには、迷いのない返事ができました」

「オーケーしてくれて舞い上がるほど嬉しかった」

「そんな」

しのぶは佑希哉の言葉に恐縮する。

「私、佑希哉さんの名字が沼崎だとわかっても、まさか沼崎グループと縁のある方だとは思いもしませんでした。知っていたら、違った返事をしていたかもしれません」

「先入観なしに僕個人を見て決めてくれてよかったよ」

「知っていたら断ってました?」

意地悪な質問だと自覚しながら、大道寺は軽い気持ちを装って聞いてみた。

しのぶの頰が微《かす》かに引き攣《つ》る。大道寺の発言に含みや棘《とげ》を感じて、なんとなく苦手だと身構えたようだ。あまりいい印象は持たれていないのが、警戒した様子の瞳から読み取れる。一歩間違えば、財産目当てで佑希哉に近づいたと邪推されかねない立場にいることを、しのぶ自身承知しているのだ。

「もっと悩んだと思います」

しのぶは当たり障りのない返事をして、大道寺の視線から逃れるように目を伏せた。

大道寺もべつにしのぶを頭から否定しているわけではない。

ものすごい玉の輿《こし》で、まるっきり打算や下心を持つなと言うのは無理だろう。そこまでの清廉潔白さは大道寺も求めていない。しのぶが、佑希哉の純粋な恋心を弄《もてあそ》び、美味しいところだけ持っていって裏切るようなまねをするしたたかな女でさえなければよかった。

結婚に関しては、佑希哉の親兄弟が賛成するならすればいい。沼崎夫妻は柔軟な考えの持ち主で、学歴や職業や家柄などに重きを置いて人を判断することはないので、しのぶと会って話をして気に入れば、結婚を認めるだろう。佑希哉の兄二人はいずれも妻子持ちで、やはり結婚相手は自分たちで見つけてきている。しのぶに何か引っかかりを感じれば、家族の誰かが反対するに違いない。

「まぁ、ちょっと引きますよね」

大道寺は冗談めかして受け流し、「どういう意味だ、それは」と佑希哉に心外そうにされた。笑ってごまかし、すぐに話題を変える。

「出身は東京《とうきょう》ですか？」

「はい。八王子《はちおうじ》に親戚の家があって、高校を出るまではそこでお世話になりました」

「彼女のご両親、事故で早くに亡くなったそうだ」

佑希哉が神妙な顔つきで言う。

どうやらしのぶは恵まれた環境で育ったわけではないらしい。大学には進学せず、高卒ですぐ働きだしたと思われるが、現状を見る限り安定した職に就けているわけではなさそうだ。そういうところも佑希哉の心を揺さぶり、自分の手で幸せにしたいと思わせるのかもしれない。

「今は都内で一人暮らししています」

しのぶ自身はそうした境遇を悲観している様子はまるでなく、引け目を感じてもいないようだ。苦労はしていても前向きに生きている感じがして、ふわりとした優しげな表情がけなげに映る。やはりしのぶを疑うのは間違いか。さすがの大道寺もチクリと胸が痛んだ。疑い深い己に嫌気が差す。

「もう家族には紹介したのか？」

「これからなんだ」

佑希哉は緊張した素振りも見せず、笑顔で答えた。

それを聞いて、しのぶのほうがにわかに身を硬くする。佑希哉に向けたまなざしが不安そうに揺れている。

「心配ないよ。父も母もきっときみを気に入る」

佑希哉は自信に満ちた声でしのぶを励まし、手を取ってギュッと握り締める。

しのぶからも佑希哉の手を握り返すのを見て、もうすっかり出来上がっているようだなと、大道寺は複雑な気持ちになった。

しのぶになんの綻びもなく、沼崎夫妻からも温かく迎え入れられればいいが、と佑希哉のために祈る一方、展開の早さが心配でもあった。

一ヵ月やそこらしか知らない相手とそう簡単に結婚の約束までしていいのか、踏みとどまらせたほうがいいのではないか、と思う。恋にすっかり目が眩《くら》んでいるようだからなおさらだ。佑希哉のバックグラウンドを考えると、計画的に近づいてきた可能性を一度は疑ってかかるべきだ。親友として、このまま何もせずに静観していていいものか悩む。

調べようと思えばお手のものだが、佑希哉に黙って勝手なことをすれば、いくら佑希哉が温厚な性格の持ち主でもさすがに怒るだろう。佑希哉との関係がぎくしゃくするのは避けたいところだ。

まずは沼崎夫妻に判断を任せて、しばらく様子見しようと考えた。

「俺はもう少ししたら帰らせてもらうが、来週末の徹子《てつこ》おばさんの誕生会には顔を出すから、そのときまた話そう」

大道寺がそう言うと佑希哉は残念そうに表情を曇らせた。

「そうか……相変わらず忙しいんだな。今日は来てくれてありがとう。無理を言ってすまなかったな」

「なに、かまわないさ。彼女に会えてよかったよ。紹介してもらえて光栄だ」

「きみに一番に会ってほしかったんだ、雅孝」

「嬉しかったよ」

大道寺は佑希哉とハグをして、「じゃあな」と手を振り、二人の許を離れた。

数歩歩いて振り返ると、こちらを見ていたしのぶと目が合った。

しのぶはハッとした様子で視線を逸らし、バツが悪そうに目を伏せた。

最初から品定めする気持ちがあって、あまり友好的な接し方はしなかったと思うので、苦手意識を持たれても仕方がない。自分に好意的ではない、扱いづらそうな男が佑希哉の身近にいると知り、先行きが不安になって、恨めしい気持ちになったとしても無理はないだろう。目が合ったのは一瞬だったが、あえて言えばそんな感じの目つきだった。

それとも、やはり何か疚《やま》しいところがあるから、大道寺の存在が気になるのか。

大道寺はどうしてもしのぶに対する一抹の疑念を頭から払いのけることができなかった。

おそらくしのぶは、大道寺が何をしている男なのか、佑希哉から聞くだろう。探偵事務所の所長だと知れば、果たしてどんな反応を見せるのか。陰に隠れてそっと確かめてみたくなる。

俺もたいがい性格が悪いなと自嘲《じちょう》しつつ、大道寺はボールルームを後にした。

しのぶとの交際を、今の時点で手放しで賛成するのは抵抗があるが、大道寺は決して佑希哉の幸せを邪魔したいわけではない。しのぶが佑希哉に対して誠実ならいいと願っている。

ただ、もししのぶが最初から佑希哉が将来受け継ぐ財産や地位が目当てで近づいたのなら、傷が浅いうちになんとかしなければと思う。

佑希哉の純情さを知っているだけに、大道寺は心が落ち着かなかった。

＊

あの男——ちょっと面倒な予感がする。

ボールルームを出て行く後ろ姿を、さりげなく視線を延ばして見届けつつ、藤倉史宣《しのぶ》は知らず知らず唇を嚙《か》んでいた。

「しのぶ……？　疲れた？」

傍らに立つ佑希哉が心配そうに顔を覗《のぞ》き込んできて気を遣う。

「あ、ごめんなさい。ちょっとぼうっとして」

史宣は強張っていた表情を緩めて笑顔を作り、柔らかな声音で佑希哉に答える。

元々軽やかで綺麗な声をしていると言われてきたので、普通に喋《しゃべ》っても違和感を持たれることはない。子供の頃十中八九女の子だと間違われた顔立ちも、二十歳を過ぎてからも大きく変わることはなく、鏡に映った顔を見るたびに我ながら性別不明の妖《あや》しさがあると思う。

史宣は、男だった。

ドレスを脱げば中身はれっきとした男性体で、胸の膨らみもパッドを詰めたブラジャーを着けて偽装したものだ。生まれつきほっそりとした骨格で、身長も男にしては低い。その代わり手足は優美にすらりと伸びていて、女らしい所作をすると映える。

これは自分の武器になる、己の美しさを利用しない手はない。そう考えるようになったのは、中学生の頃からやたらと周囲の男たちに欲望に満ちた視線を注がれ、そのほとんどが女と間違ってのことだと気づいたからだ。

生い立ちが恵まれたものではなかったぶん、楽に贅沢《ぜいたく》な暮らしができるなら、それが可能な限りそうして生きてやる、と開き直ったのは高校を卒業して施設を出た時だ。

史宣は生後まもなく施設に預けられ、一度として親に会うことなく育った。詳しい事情は知らないが、要するに捨て子だったらしい。施設には、できるだけのことはしてもらったと感謝しているが、お金のない不自由さ、もどかしさを嫌というほど味わわされ、お金さえあればという切迫した思いをいまだに捨てきれずにいる。

史宣の美貌に惹かれ、女だと勘違いして寄ってくる男は後を絶たず、ちょっとその気のある素振りをしてやると、面白いほど釣れた。ジーンズにセーターという出で立ちでも、バーなどの薄暗がりでなくても、うんざりするほど声をかけられる。最初は「違うよ」と正直に断っていたが、「それでもいい」と食い下がられたり、「またまた」などと信じようとしないおかしな男たちに何人も出会《でくわ》すうちに、間抜けな男を騙《だま》すのはそう難しいことではなさそうだと気づいた。意図的に女性の振りをして、羽振りがよくて気前のいい男を狙って金品を貢がせることに罪悪感より爽快《そうかい》さを覚えた。

好きなのはお金、欲しいものもお金だ。毎晩、預金通帳を眺めてどのくらい貯まったか確認するとき、最も幸福と安堵《あんど》を感じる。

警察沙汰《ざた》にされる前に相手の前から消えるためには、欲張りすぎないことが肝要だ。ある程度地位や名誉があって、社会的信用を潰されたくない相手を選ぶのもポイントの一つで、下調べは入念に行う。ターゲットを決めたら、相手の好みそうな服装や髪型で装い、そのための費用は必要経費と割り切って惜しまない。そうやって、これまでに十人以上の男から相当な額をせしめてきた。

しかし、今回は史宣にとって実は誤算続きだ。危ない橋を渡っていると自覚しながら、展開の早さに戸惑っているうちに引くに引けなくなり、内心競々《きょうきょう》としている。

まさか、沼崎グループの御曹司と出会い、彼に一目惚れされるとは想像もしていなかった。

あのカフェレストランは、次のターゲットを物色するのに打ってつけの環境で、史宣はアルバイトの募集がかかるなり応募して、まんまと臨時スタッフとして入り込むことに成功した。

ランチタイムには、付近に山ほどある一流企業のオフィスから、一回の昼食代に二千円あまりを事も無げに払える高給取りが集まる。その中から誰か見繕い、キス以上は許さずに焦らして夢中にさせるいつもの遣《や》り口で、搾り取れるだけ搾り取るつもりだった。その際、地位も財力も本人自身の魅力も、適当なところで手を打つのがポイントだ。あまりにも高級すぎる男は、ばれたときのリスクが大きく、向こうも遊び感覚で体目当ての場合が多いので、うっかり手を出すと火傷《やけど》する。そのくらいは史宣も承知していた。

女装してフロアスタッフとして真面目に働く一方、その気のありそうな男にどうやって近づくか思案していたところに、佑希哉が部下を連れて来店した。一目見ただけで格の違いがわかる佇まいと、全身から滲み出る御曹司オーラに、思わず息が止まりそうになった。世の中にはこういう人間もいるのだなと、ただ嘆息し、自分とは無縁の存在だと即座に割り切った。それなのに、どういう巡り合わせか、彼らが着いたテーブルを史宣が担当することになり、関わるつもりもなかった佑希哉と間近で接することになったのだ。

佑希哉はとても感じがよく、少しも威張ったり高飛車だったりすることのない、本物の紳士だった。部下たちに気を配るだけでなく、史宣をはじめ従業員皆に敬意を払い、腰が低く丁寧な言葉遣いを崩さない。些細《ささい》なことにも「ありがとう」の言葉を自然に口にするのだが、上辺だけのセリフではない本気の謝意が表れていた。テーブルマナーはもちろん完璧で、ナイフとフォークの使い方から、食べ物を口に運ぶ腕の動きまで美しく、つい見惚《みと》れてしまった。

「七番テーブルのお客さん、久しぶりにまたご来店になったね」

「二ヵ月ぶり？　目立つから記憶に残ってるわ、私も。まだ若そうなのに、存在感が半端じゃないよね」

「沼崎商事の人でしょう、あれ。お名前は存じ上げないけど」

顔立ちも整っていて綺麗だとか、脚が長くてスタイル抜群だとか、従業員たちは寄ると触ると囁《ささや》き合い、佑希哉たちが食事を終えて店を出るまでソワソワしていた。テーブルを担当した史宣は、「どうだった？」「何か話した？」と質問攻めに遭い、「べつに」「何も」と面白みのない返事をするたびにがっかりされたものだ。

どうせたまたま来ただけの客で、次はいつ来るかわからない。確かに気になる客ではあったが、皆にも言ったとおり個人的な会話は一言も交わさなかったし、じっと見つめられるようなこともなかったので、佑希哉が史宣に特別な感情を抱いたとは微塵も思わなかった。

だから、翌日再び佑希哉が店に来たときには、従業員たちの間で密かな興奮が湧き起こるのを、史宣は自分とは遠いところでの出来事のように捉えた。

そのときは、テーブルを担当したのは別の女性スタッフだった。

担当はテーブルごとに決まっている。担当が他で手一杯のときなどはヘルプに入ることもあるが、基本、分担がきちんと設けられていた。

次の日も、また次の日も、佑希哉はランチを食べに来た。

四度目に佑希哉がついたのが、再び史宣が担当するテーブルだった。

「こんにちは」

佑希哉から挨拶されて、史宣はぎこちなく「いらっしゃいませ」と返した。

メニューを渡すとき、指先が僅かに触れて、慌てて「す、すみません」と謝った。べつに狼《うろ》狽《た》えるほどのことでもないのに、指先がビリッと痺《しび》れたような感覚を受け、驚いてしまった。

「どういたしまして」

佑希哉は史宣の顔を見上げ、眩《まぶ》しげに目を細めた。

その目が、これまで何人もの男から向けられてきたものと同じで、なおかつ、かつてないほど熱っぽく真剣なのを見て取って、史宣は咄嗟《とっさ》に、またとない最高の獲物が釣れたと思った。まだ佑希哉の名前も素性も知らなかったので、単純に降って湧いた幸運を喜んだ。最初から沼崎家の御曹司だとわかっていたなら、いくら好きだと言われても頷きはしなかった。騙して金だけ巻き上げて捨てるには大物過ぎる。その程度の分別はあった。

それから佑希哉は毎回同じテーブルにつくようになった。佑希哉が現れる時間帯はたいていランチタイムのピークを過ぎてからだ。店長も心得て、気を利かせてその時間は佑希哉のためにそこを開けておく。佑希哉の目当てが史宣だということも皆の間で承知されていて、「藤倉さんじゃ勝ち目ないわ」とか「だと思った」と嫌味とも諦めとも取れる発言が史宣にも聞こえてきた。

「一つお聞きしたいことがあるのですが」

あらたまった態度で言われたのは、接客について五度目のときだった。

いつものコースを、とオーダーしたあと、佑希哉は史宣の目をひたと見つめ、幾分緊張を帯びた声で続けた。

「お名前、教えていただけませんか」

そろそろ来るかと予測していたので驚きはしなかったが、それでは可愛げも初々しさもないので、驚いた振りをした。まだ史宣は佑希哉のことを何も知らなかった。個人的な遣り取りをするのはこのときが初めてだ。むしろ史宣は佑希哉の奥手さに呆れ、少し苛立《いらだ》っていたくらいだった。気の利いた男なら、少なくとも二度目に顔を合わせたときまでに名前と連絡先くらい聞き合っている。あからさまに好意を感じさせておきながら、ここまで引っ張られるとは思っていなかった。

「藤倉……しのぶ、です」

本名が男女どちらとも取れる響きの名前なので、史宣はいつも偽名は使わない。嘘の分量が少なければ少ないほど露見しにくくなる。

「僕は沼崎佑希哉と言います。これ、会社の名刺ですが、よかったら受け取ってください」

沼崎と聞いて嫌な予感がした。創立者の親戚か、と思ったのだ。遠縁でも名字が沼崎だとちょっと身構える。

名刺の肩書きは課長だった。一度も大きな企業に勤めた経験のない史宣には、それが社内でどの程度の地位になるのか今ひとつピンと来なかった。重役と言わないのは確かなので、このくらいならターゲットとしてちょうどいいかと思い、少し気が楽になった。

佑希哉は真剣なようだった。史宣が名刺を受け取ると、嬉しそうに微笑んだ。

史宣は佑希哉の真っ直ぐな気質を感じさせる綺麗な笑顔にトクリと胸を鳴らした。

女なら、こういう男に愛されると幸せなのではないかと思え、初めてドキドキした。あいにく史宣は男なので、佑希哉がどれほど素敵な人でも、本気で恋愛するわけにはいかない。それを残念だと感じている自分が意外だった。

理想はもう少し年上の妻子持ちとの不倫だが、佑希哉のようなボンボンなら、三ヵ月ほどその気のある振りをして付き合えば、あとは口実を作って別れるのも難しくないだろう。史宣は佑希哉を、親の言いつけに逆らわない躾《しつけ》のいいお坊ちゃんだろうと勝手に思っていた。結婚と恋愛は別だと割り切っていて、カフェレストランで働いている、どこの馬の骨ともわからない高卒の女を、いきなり「両親に紹介したい」などと言い出すことは絶対ないと信じていた。

だから、八度目に店で会って、会計表を持っていった際に佑希哉に手紙を渡されたときには、ついに来たかと思った。佑希哉のはにかんだ顔を見れば、何が書かれているのかは読むまでもなく、その場で返事を聞きたがらない態度に、逆に真剣さを感じた。

「返事はいつでもかまいません。……できれば、明日またここに来ますので、そのときいただけたら本望ですが、いい返事が聞きたいので、焦りません」

そんなふうに言う佑希哉を、しのぶはちょっと可愛いと思った。

「映画、みたいですね」

そう言うと、佑希哉は面目なさそうに照れ笑いして「すみません」と恥ずかしそうにする。

次の日、しのぶは佑希哉に「私でよければ」と返事をした。

佑希哉はあくまでも落ち着き払った態度で「ありがとう」と答えただけで、もっと興奮を表に出して大袈裟《おおげさ》に嬉しがる反応を期待していたしのぶは、それだけかと拍子抜けしたくらいだった。目を見れば歓喜していることはわかったが、そんなふうだったので、佑希哉がどこまで本気なのか最初は怪しんでいたくらいだった。

カフェで出会って、二週間後に交際を申し込まれ、そこから店以外の場所でデートをするようになった。

以前は八王子に住んでいて、両親はいないこと、高卒で仕事先を何度か変わっていることなど、多少アレンジを加えはしたが、ほぼ事実を話した。その一方で、佑希哉の家のことには、自分からは触れないようにした。金銭目当てだと悟られてはまずいからだ。

史宣が自分の生い立ちや経歴を包み隠さず話したことで、佑希哉は史宣が己の置かれた境遇を悲観することなく、前向きに人生を歩いてきたのだと感じたようだ。他人を羨《うらや》まず、比較しないところも好印象を与えたらしい。真っ当に生きてきたと思われるのは事実と違うのでバツが悪いが、他人と自分を比べて僻《ひが》んだり妬んだりは確かにしない。最初はそれこそ史宣の容姿や立ち居振る舞い、雰囲気などが佑希哉の好みとぴったり合致したために関心を持たれたに違いなかったが、実際に付き合ってみても佑希哉は史宣に失望したふうではなかった。会って話をするたびに佑希哉のまなざしは熱を増し、もっと史宣を知りたいと興味を募らせていくのが伝わってくる。史宣は史宣で佑希哉のそんな姿勢を目の当たりにして、誰に対しても敬意を払い、公平な物の見方のできる懐が深くて謙虚な人だと思い、好意を強めていった。

佑希哉は、史宣の些細な言動から史宣自身すら気づいていなかった本質を見て取り、「こうだね」「素敵だと思うよ」というふうに言ってくれる。そんな言葉を他人から受けたことはなかったので、新鮮で面映ゆい。佑希哉は決して人を悪く言わない。何かあれば指摘するが、決して頭ごなしではなく相手の話もちゃんと聞く。部下を叱るときも同様なのだろう。

一度、自分のどこが好きなのか佑希哉に聞いてみたことがある。

「嫌いなところが見つからない。本当だよ」

至って真面目な顔つきでそう返され、史宣は買い被りすぎだと思いながらも、恥ずかしさと嬉しさからじわじわと頬を上気させてしまった。自分で聞いておきながら佑希哉の率直さにドギマギする。

自分の罪深さは史宣自身が一番よくわかっている。

佑希哉は決して鈍くもなければ馬鹿でもないと思うのだが、史宣に関してだけは正常な判断ができなくなっているのではないかと疑うほかない。史宣にとってはそのほうが目的のために好都合とはいえ、日に日に罪悪感が増していく。佑希哉によく思われ、美化されるたび、苦しかった。そのくせ、全部なしにして別れることも躊躇い、ずるずると付き合い続けてしまう。別れる決心がつかないのは、まだ何も得ていないからという損得勘定もあるが、佑希哉のがっかりした顔が目に浮かんで申し訳ない気持ちになるからというほうが大きかった。

佑希哉は常にスマートで優しく、思いやり深い。素敵な場所や店をたくさん知っており、「何がしたい？」「何を食べる？」と史宣の希望を訊《たず》ねては、的確な選択をして史宣を楽しませてくれる。なんでもお金をかければいいと思っている節はなく、必要なものには惜しまないが、湯水のように使う傾向はない。デートの内容も二十七歳という年齢にふさわしい、分相応なものだ。自分の車は持っていないそうで、移動は基本、電車やバスなどの公共の交通機関を利用する。水族館や映画館、プラネタリウムなど、連れていってくれる場所もいたって健全だ。

ときどき通りすがりのブティックのショーウインドーを覗いては、女性もののバッグや靴や洋服を「見てみる?」と聞いてくれることがある。女性ものでも、売れればそれなりにお金になる。今までの相手にはバンバン買ってもらっていたのだが、今回は遠慮している。佑希哉の前では控えめで贅沢に興味のない女性を装っているので、整合性を保つためだ。

実際、史宣は物には関心も執着も薄い。住んでいる部屋も1Kのアパートだし、家具はいつでも夜逃げできる程度にしか持っていない。身の回りの品も同様だ。お金を使うのは老後でいい。それまでは通帳に並ぶ数字を眺めていたかった。

史宣が最も助かっているのは、佑希哉が体を求めてこないことだ。気易く触っても来ないし、キスも「おやすみ」の挨拶をする際に軽く唇を触れ合わせてくる程度で、まだしっかりと抱擁されたこともない。したくないわけではなく、史宣を怖がらせないように自制しているのが伝わってくる。同じ男として、たいした忍耐力だと感心する。

実は付き合う前に一番心配だったのはこの点だ。妻子持ちの男と違って佑希哉には求めてくる正当性があるし、襲われたら体格差から抵抗できないと思われるので、そうなったらどうするか悩んだ。相手が妻子持ちであれば「奥様と話がついてからでないと」と言って、最後の一線は守り通してきた。その代わり、キスや、服の上から胸を触らせるくらいまでは許した。詰め物をしていることがばれないかとヒヤヒヤだったが、これ以上はまずいと思ったら、素早く相手の股間に手を伸ばし、フェラチオをしてやることでごまかした。常にギリギリの綱渡り状態ではあったが、なんとかばれずにお金だけ貰《もら》って逃げてこられたので、まんざら詐欺師の才能がないわけではなさそうだ。

佑希哉の心と体を弄んでいるようでなけなしの良心が痛むが、金ヅルにするつもりで交際を始めたからには、それなりのものを手に入れない限り引き下がれない。そのうち「これで何か好きなものを買うといい」と現金をくれるパターンを狙っているのだが、一回りも歳の離れた既婚男性たちとは勝手が違うのははじめから予測できた。二、三ヵ月はこうした清らかなデート期間が続くのではないかと踏んでいた。

だが、佑希哉は史宣が常識だと思っていたことをことごとく飛び越え、ある日いきなり会社絡みのパーティーに一緒に来てほしいと頼まれた。それも五日後だと言う。

「祖父はもちろん、父と母、兄弟全員出席予定なんだ。いい機会だから、ぜひきみを家族に紹介したい。親友にもよかったら会ってほしい。僕が片時も離れずエスコートするから、何も心配しないで」

いざとなると佑希哉は、普段の穏やかでふんわりとした印象を変え、ゆくゆくはグループ内のいずれかの会社を任されるであろう経営者、獅子《しし》の顔になる。その逞《たくま》しさと押し出しの強さは別人のようで、史宣がいくら自信がない、怖い、と尻込みしても無駄だった。

「パーティー用のドレスを用意したほうがいいね。特に好きなブランドがなければ、このブティックに行くといい。僕が一緒でないほうが好きに選べると思うから一人で行っておいで。不安ならもちろんついていくけれど」

「いえ、一人で大丈夫……です」

「靴やバッグも合わせて選べる。わからないことはアドバイザーになんでも聞くといいよ」

「あの……お祖父《じい》様って、ひょっとして……？」

我ながら信じ難い鈍さとしか言いようがないが、史宣はこのときまで佑希哉が本家の三男だと知らずにいた。

「会長だ。沼崎栄之助《えいのすけ》」

ずっと棚上げにして確かめようとしなかった事実が頭上に落ちてきたようなショックを受けた。どうしよう、と今さら後悔しても後の祭りだ。佑希哉の本気は、真剣そのもののまなざしと真摯《しんし》な態度に表れていた。

「私、知らなくて……。あなたの名前は聞いていたけれど、もっと遠い親戚かなにかかと」

「意味がわからないな。僕の祖父が沼崎栄之助だと、何か不都合があるの？」

こういうところは、佑希哉の感覚は史宣が一般的だと考えるところとずれていて、史宣は眩《め》暈《まい》を起こしそうだった。

「本当はもう少し早く機会を設けたかったんだけど、皆の予定を合わせるのが結構大変で。週末に開かれるこの創業百周年祝賀パーティーには一族の主だった人々が集まるから、ぜひ連れてくるようにと両親からも言われている」

「えっ。私と付き合っていることを、話しているんですか」

「話してあるよ」

佑希哉は当然のように言って、誇らしげに微笑む。

「写真は苦手だときみが嫌がるから、なおさら皆きみに会いたがっている。ついに年貢を納める気になったかと、兄たちも喜んでいた。もっとも、僕はまだきみにプロポーズしていないから、さすがにそれは先走りすぎだけどね」

結婚などとんでもない。その前にさっさと逃げるつもりでいるのに、付き合い始めてひと月にもならないうちから親に紹介したいと言い出されるとは思わなかった。

佑希哉はちょっとのぼせているのだ。史宣はどうにか気持ちを落ち着けて考えた。

冷静になってみれば、沼崎夫妻が史宣を気に入るはずがない。学歴も教養も足りないし、育った環境が違いすぎて、お話しにならないと反対するだろう。

そう考えると、佑希哉の気持ちを汲《く》んで、パーティーに出るだけ出てもいい気になった。そこで両親と会って、彼らに交際を続けることを渋られたら、佑希哉も諦めるだろう。その際、情に訴えれば、手切れ金を出してくれる可能性は大いにある。なにしろ相手は沼崎グループの本家だ。妙な噂話がゴシップ誌にでも出たら大変だと憂慮し、綺麗に縁を切らせるのではないかと思われる。

実を言うと佑希哉自身には史宣も好意を抱き始めているが、所詮《しょせん》、史宣は金目当ての詐欺師だ。性別すら偽っている。いくら佑希哉ができた人間でも、事実を明らかにすれば怒るに違いない。長く保って半年の付き合いだと、史宣自身最初から期限を設けていた。一ヵ月は予定よりかなり短いが、別れ方をどうするか悩まなくてよくなる分、気持ち的には楽だった。

「しのぶ、母たちがあそこにいる」

佑希哉の声に、史宣は頭を揺らすほどギョッとして、現実に引き戻された。

さっきも、ぼんやりしていたことを謝ったばかりだというのに、それからさらに深く物思いに沈んでいた。

これからいよいよ佑希哉の両親に会うのだと思うと、動悸《どうき》が鎮まらない。

心臓が痛いほど鼓動を激しくしていて、緊張が最高潮に達していた。指先が震え、足は竦《すく》みそうになっている。

史宣はパッドを入れた胸元にそっと手を当て、深く息を吸い込んで気持ちを落ち着かせた。

「行こうか」

佑希哉は何も心配していなそうに史宣を促し、右手を取ってしっかりと握り締めてきた。

すると、指先の震えが治まった。

佑希哉の温かく大きな手から深い愛情が伝わってきて、史宣に勇気をくれる。

史宣は佑希哉と繋《つな》いだ手に力を込めた。

「佑希哉さん」

足を止め、ヒールを履いてもまだ少し背の高い佑希哉の訝《いぶか》しむ顔を仰ぎ見る。

「どうかした？」

「……あの。あの……キス、してもらっていいですか」

自分でも言ってから驚いた。計算でも演技でもなく、史宣は今ここで佑希哉とキスしたくなった。あれこれ考えるより先に、言葉が口を衝いて出ていた。

佑希哉の顔が驚きから歓喜に変わる。

「どうしたの。大胆だね。でも、嬉しいよ」

佑希哉は史宣の腰に遠慮がちに両腕を回すと、ピンク色の口紅を丁寧に塗った唇をそっと塞ぎにきた。

やんわりとひと吸いしていったん離し、少し角度を変えて再び吸ってくる。

二度目のキスは深かった。

まるでそれまで溜め込んでいた熱情をぶつけられるかのようだった。

佑希哉の真剣さが伝わってくる。

あと数分後には別れが決まるかもしれないというときになって、史宣は佑希哉と離れがたい気持ちになった。佑希哉をがっかりさせたくないと思った。ターゲットにした相手に対してこんなことを考えたのは初めてだ。我ながらどうかしていると困惑する。

好きになった……わけではないと思う。自分はそれほど単純でも絆《ほだ》されやすくもないつもりだ。強欲で、金を持った男にはいくら貢がせても悪びれないしたたかな人間だ。愛だの恋だのに溺れるはずがない。

名残惜しげに、濡《ぬ》れた唇が離れていく。

「しのぶ」

愛しげに名を呼ばれ、髪をそっと撫《な》でられる。

これでいいのかと迷いはいっそう大きくなっていたが、後はどうなろうと天の采配次第だ。

史宣はそれを受け入れる覚悟だけした。

2

佑希哉たちの母親である徹子夫人の六十歳を祝う誕生パーティーは、沼崎邸の主庭を使って盛大に開かれた。沼崎商事創業百周年を祝った日から一週間後のことだ。

秋晴れで気持ちよく風が吹く、ガーデンパーティーに打ってつけの日だった。

芝生を敷き詰めた広い庭にテントを張り、テーブルと椅子が用意され、ブッフェ形式でシェフが腕によりをかけた料理が銀の大皿に盛りつけられて、次から次へと運ばれる。

六段のケーキは豪勢の一言で、夫妻が結婚式で入刀したときと同じ形のものだという。

「ごきげんよう、おばさん」

「あら、雅孝さん！　よくいらしてくださったわね。相変わらずいい男すぎ。ときめくわ」

顔を合わせるなり、照れくさくなってしまう言葉をかけられ、大道寺は苦笑いする。佑希哉の母親はいくつになっても少女のような可愛らしさを持った人だ。

「おだてても何も出ませんよ」

「先に送ってもらった贈りもので充分よ。気を遣わせて申し訳なかったわね。ありがとう」

軽妙な遣り取りをしながら抱き合い、自分より小さくなった夫人の背中を優しく手のひらで撫でるように叩く。夫人からも大道寺に同じようにして返してくれた。

「お似合いですよ、この白いレースのドレス」

「夫には若作りしすぎるだろうって笑われたのよ」

「全然そんなことありません。先週の創業祝賀パーティーのときお召しになっていたお着物も素敵でしたが、今日は英国貴族が催すパーティーの女主人そのものです」

「まぁ。嬉しい。ずいぶん口が上手くなったわね」

「どういたしまして。俺は相変わらず無愛想でお世辞の一つも言えない男ですよ」

「そうかしら」

夫人は茶目っ気たっぷりに微笑み、大道寺の姿を頭のてっぺんから爪先まで見る。

今日は戸外でのパーティーだと聞いていたので、アイボリー色のスリーピースにアスコットタイで決めてきた。帽子もスーツと同系色だ。

「あなたも素敵なコーディネートだわ」

「お褒めに与《あずか》り恐縮です」

大道寺は恭《うやうや》しく腰を折って、わざと芝居がかった言動をする。このガーデンパーティーそのものが芝居がかっていて、つい大道寺も雰囲気に乗せられた。夫人が相手だとめったになく遊び心が出てしまう。とんでもない家の奥様なのに少しも格式張ったところがなく、本当に愛らしい方だ。大道寺も子供の頃からこの徹子おばさんが大好きだった。

「ところで、佑希哉はどこにいるかご存じですか?」

「向こうの木陰じゃないかしら」

大道寺は夫人が指さす方向を、目を眇《すが》めて見遣った。

テントが二つ並んだ先に大木がある。幹の下半分はテントに隠れてここからでは見えないが、夫人が言うのはあの木のことに違いない。

「ちょっと行ってきます」

大道寺は夫人の頬に接吻《せっぷん》すると、大股で歩いていった。

叔父や叔母や従妹《いとこ》、従兄《いとこ》の子供、大叔母など、見知った顔ぶれとすれ違うたびに挨拶だけ交わす。立ち止まりでもしようものならキリがない。今日招かれているのは、全員、沼崎家となんらかの縁戚関係にある家の者ばかりだ。他人はおそらく一人しか招待されていない。その一人、藤倉しのぶもいずれは沼崎家の一員になるかもしれない。

佑希哉の言うとおり、沼崎夫妻はしのぶを気に入り、三男との交際を認めたようだ。遣り手の経営者として知られる沼崎氏も、三男坊で末っ子の佑希哉にはいささか甘い。正真の人格者なので、学歴や職業だけを理由に頭ごなしに反対するようなことはないだろうと思ってはいたが、身辺調査の結果が出るまで返事を保留にするかと推測していた。会ったその日に「いい子じゃないか」と喜んでもらったと佑希哉から聞いたとき、ちょっと意外だった。

もっと慎重になったほうがいいのではないかと思うが、根拠もなしに差し出がましい口を利くのも憚《はばか》られる。

沼崎氏には沼崎氏なりの考えがあるのだと信じるほかない。

テントの前を通り過ぎると、大木が見えた。

「佑希哉！」

近づきながら声を張って呼びかけると、木陰に据えられたベンチにしのぶと並んで座っていた佑希哉が顔を上げて「やぁ」と嬉しそうに応えた。

しのぶも大道寺を見る。僅かに表情が強張ったが、初対面のときあまりいい印象を与えられなかったので、無理もない。しのぶに敬遠されようが嫌われようが、大道寺自身はべつにかまわなかった。

「天気がよくてよかったな」

「ああ、本当に。母にはもう会った？」

「さっきな。おまえたちがここにいると教えてくれたのは徹子おばさんだ」

「そうか」

「……ちょっと、いいか」

大道寺があっちで、と顎をしゃくると、佑希哉はしのぶに「すぐ戻るから、ここにいてくれるかな」と断りを入れてベンチを立ち、大道寺についてきた。

「今日も綺麗だな、彼女」

先に立って歩きながら、大道寺は背後を振り返らずに佑希哉に言った。

お世辞のつもりは毛頭ない。淡いピンクのワンピースを着て、艶やかな髪をハーフアップにした姿は清楚で見惚れるほど美しかった。鍔《つば》の広い帽子も似合っている。レースの手袋を嵌めて淑やかにベンチに腰掛けたしのぶは、どこからどう見ても遜色《そんしょく》のない令嬢然として見え、正直驚いた。どんな環境にもすっと溶け込み、気後れしたふうもなく堂々としていられるとは、たいしたものだ。度胸があると感心する。嫌な言い方をすれば、よほど自分に自信があって、誰にどう思われようと気にせずにいられる厚かましさを持っているようだ。風が吹けばよろめきそうに繊細な印象があるが、中身は結構図太いらしい。

やっぱりよくわからない女だ……大道寺は眉根を寄せて溜息を洩《も》らした。

しのぶの耳に話し声が届かない場所まで移動して、大道寺は「交際、認めてもらえたようだな」と、佑希哉にその後どうなったのか探りを入れた。

「そうなんだ。きっと大丈夫だとは思っていたけど、反対されなくて嬉しかった」

オーダーメードのスーツを着こなした佑希哉は、幸せのオーラに包まれているかのごとく晴れやかで清々しく、大道寺は「よかったな」ととりあえず祝福した。

「メロメロだな」

「そう言われても反論できない。まだ付き合い始めたばかりだけど、早く結婚したくて、毎日彼女のことばかり考えてしまう。きみはこんな気持ちになったことあるかい？」

「ないな。あいにく」

大道寺はしらけた口調でそっけなく返す。男も女も一通り経験済みだが、恋愛そのものにのめり込んだことはなく、佑希哉が言うような状態になったこともなければ、なってみたいと思ったこともない。結婚願望に至っては皆無と言っていいくらいなかった。

「僕もしのぶと会うまではなかった。誰かを本気で好きになったこと自体なかったんだなと気づいたよ」

佑希哉は感慨深げな表情をして、しみじみと言う。

「一目惚れだったんだろう。顔立ちや雰囲気や振る舞いに惹かれて付き合いだして、今日までに何回デートしたか知らないが、それで結婚まで視野に入れるのはいささか性急すぎる気がするが。もしかして、彼女のほうからせがまれたのか？」

この際だったので、大道寺は言葉を選ばず率直に聞いた。

大道寺の性格をよく知る佑希哉は、大道寺に辛口で意見されても気を悪くした様子もなく、真剣に耳を傾ける。誰に対しても誠実でありたいという気持ちが窺《うかが》えて、大道寺はいつも佑希哉の高潔さに胸を衝かれ、対照的に己の矮小《わいしょう》さを思い知らされる。

「いや。彼女は、自分では僕に釣り合わないと言って、僕の両親に会うことも最初は躊躇っていた。きっと別れろと言われると思っていたみたいだ」

「普通は、な」

「ところが、きみも知っての通り、僕の両親は息子の僕が言うのもなんだけど、実に懐が深い人たちなんだ」

「ああ」

大道寺は帽子を取って額に薄く滲んだ汗をハンカチで押さえつつ相槌《あいづち》を打つ。十月ももう終わろうとしているが、今日は雲一つなく日差しがきつい。木陰との気温差は大きかった。

「パーティーでしのぶを紹介したら、早速次の日の夕食に招くと言い出して、結局この一週間のうちに三度も会ってくれたよ。たぶん、そうやってしのぶの人となりを見ていたんじゃないかな。いいお嬢さんじゃないかと言われたときは、お墨付きを貰ったみたいで安堵した。まだ結婚の話まではしていないけどね」

「おじさんは彼女の素性を詳しく調べるよう、どこかに依頼したのか？」

「身上調査?」

佑希哉は虚を衝かれた顔をする。考えもしなかったようだ。

「僕は何も聞いていないけれど。でも、調べるなら調べてもらってもいいよ。いい気持ちはしないけれど、それで皆がすっきりするならそのほうがいいと思うから。きみもそうするべきだという意見なんだろう」

「まぁな。なんなら俺のところで調べてもいい。おじさんが手を回すだろうと思っていたから、勝手なまねは控えているんだが」

「そんなに彼女が気に入らない?」

佑希哉は自分自身を悪く言われるより胸が痛むらしく、残念そうな顔をする。

「そりゃ、俺は親友を奪われたわけだからな」

冗談めかして言ったつもりだが、佑希哉には通じなかったらしい。目を瞠り、神妙に返事をする。

「きみと僕の関係性はこれからも変わらないよ。きみがそんなふうに考えるとは思わなかった。ちょっとびっくりしてる」

「深刻に取るな。冗談だ。……まぁ、半分は本気だが」

大道寺は肩を竦めて受け流し、自嘲気味に笑ってみせた。

「結婚するとなったら、その前に僕の了解を取った上で調べさせるんじゃないかとは思うけれど。いちおうね。僕に黙って裏で勝手に調べることはないと思う。父はそういう人だ」

「確かに」

だが、そのときになってしのぶに何か不都合な事実が出てきたら、果たして佑希哉は諦めきれるのか。しのぶを頭から信用していない大道寺は、つい悪いほうに思考を働かせてしまう。これまで一度として親の意見を聞かなかったことのない佑希哉だが、今度ばかりはへたをすると駆け落ちも辞さないのではないかという気がして、大道寺は安穏《あんのん》と構えていられない。

「しのぶをもっと知れば、きみも好きになると思うよ」

「どうだろうな。たぶん向こうも俺を嫌っているだろう」

「そんなことないと思うけど」

佑希哉は納得いかなそうに眉根を寄せる。

「俺のこと、何か言ってなかったか？　何をしている人なの、って聞かれただろう？」

「聞かれはしなかったが、僕が勝手に話したよ。しのぶはあまり自分からはあれこれ聞いてこない。きみのことも、仲がいいんですね、とだけ言っていた」

佑希哉の返事に大道寺は肩透かしを食らった気分だ。少なからず大道寺を気にしているようだったので、てっきり佑希哉に探りを入れたと思っていた。だが、何も聞かなかったということは、大道寺に興味はないということか。それはそれで少々屈辱的だ。自意識過剰だとしのぶに嗤《わら》われた気までして、ムッとしてしまう。しのぶのことはよくは思っていないが、無視されるとそれはそれで苛立った。自分でも自分の心境がよくわからない。

モヤモヤした気持ちを強引に払いのけ、大道寺は気を取り直す。

「彼女には結婚の意思は伝えてあるのか？」

「来月、四泊五日くらいで九州《きゅうしゅう》から沖縄《おきなわ》にかけてクルーズしてこようと思ってる。船上でプロポーズできたらいいなと思っている」

「ロマンチストめ」

大道寺は佑希哉をからかいつつ、この分ではまだしのぶに手を出していないようだな、と下世話な推察をした。そういうこともこれから進展させていくのだろうが、考えれば考えるほどプロポーズは早計すぎる気がしてくる。

しかし、大道寺が何を言おうと佑希哉が気持ちを変えるとは思えず、踏みとどまらせるのは難しそうだった。

「クルージングにはいつから？」

とりあえず予定だけ聞いておこうと思ったが、まだ日程は決まっていないと言う。

「今、手配をしているところなんだ。会社を休むとなると各方面と調整が必要だからね」

「そうか。うまく話が進むといいな。ああ、土産なんかは気を遣わないでいいからな」

佑希哉がしのぶを気にかけてソワソワし始めたので、この辺で切り上げることにした。ベンチに座ったままこちらを見ているしのぶに、大道寺も気づいていた。

しのぶの許に戻る佑希哉の背中を見送り、庭園を横切って向かいのボーダー花壇の脇をぶらぶらと歩いてブッフェ料理が並ぶテントに足を向ける。

テントの傍のガーデンテーブルに沼崎氏がいるのを見つけ、近づいていった。プライベートで寛《くつろ》いでいるときも風格と威厳をそこはかとなく漂わせているが、子供の頃から佑希哉と一緒に可愛がってもらった大道寺にとっては、二人目の父親に近い感覚だ。実際話すと、気さくで取っつきやすい。

「お一人ですか、紘一郎《こういちろう》おじさん」

「おう、雅孝くん。よかったら座りなさい」

大道寺は木製の椅子に腰を下ろし、しのぶをどう思っているのか沼崎氏に率直に聞いてみた。

「これはまた、ずいぶん綺麗なお嬢さんを見つけてきたな、と感心したよ。話してみたら清楚で可愛らしくて、反対する理由は特になかった。家内も喜んでいるよ」

「今時はおじさんのところみたいな格式の家でも身上調査は行わないんですか？　うちでよければ承りますよ。親族の末席に連なるものとして、秘密は厳守いたします」

「ははは。雅孝くんの事務所が有能な探偵ばかり揃《そろ》えていると評判なのは耳に入ってきているよ。佑希哉が真剣に結婚を考えているようなら、それも一考しなければいけないだろうね。そのときは頼むよ」

大道寺がさらっと振ったせいか、沼崎氏もどこまで本気かわからない調子で返す。鷹揚《おうよう》に構えていて、今すぐどうこうする気がなさそうなのは察せられた。

「佑希哉くんはすぐにでも結婚したがっているようですが」

「とりあえず、お互いをもっと知り合いなさいと言ってある。クルーズも私と家内が勧めたんだ。一緒に旅行すれば見えてくるものがあるはずだから」

「五日間も逃げ場のない船上で一緒に過ごせば、隠していた本性も出るでしょうから、相手の人となりを知るにはもってこいですね」

大道寺の無遠慮な物言いに沼崎氏は苦笑する。

「きみのほうはどうなんだ？　さぞかしもてるだろう。付き合っている人がいるなら私と家内にもぜひ紹介してほしいね」

「あいにく今はいないんですよ。佑希哉くんと違って俺はぶっきらぼうで口が悪いですからね。思ったことをズケズケ言ってしまうし」

「裏表がない証拠だ。きみは正直で信頼の置ける男だよ、雅孝くん。きみのよさがわかる人はきっといるはずだ」

最後は大道寺自身の話になり、分家のご隠居が来たのをしおに、大道寺は席を立った。

大木の下のベンチは老婦人二人が占拠しており、佑希哉としのぶの姿は付近にも見当たらない。さらに庭の奥を散歩しているのかもしれない。先々代の当主が旧華族の屋敷を敷地ごと買い取り、必要な箇所にだけ改修を施して住み続けてきた沼崎邸は、半端でない広さの英国式庭園を有している。その気になればどこにでも隠れられた。

ブッフェ料理を食べながら、一回りほど年上の親戚たちとひとしきり話をしたあと、化粧室を使わせてもらおうとテラスから邸内に上がっていくと、隣室のドアが開いていて室内が覗けた。安楽椅子やソファが置かれた居間で、佑希哉としのぶが壁に掛けられた大きな油絵の前で寄り添っている。

こんなところにいたのか、と大道寺が声をかけようとした矢先、佑希哉がしのぶのほっそりとした体を抱き寄せて、キスし始めた。

描いたように美しい二つの横顔が重なり合い、唇を繋いでは離れ、また繋ぐ。

まるで映画のワンシーンを見ているようだった。

佑希哉が腕の輪を狭めてしなやかな体を抱き締める。

しのぶは喘《あえ》ぐように肩を揺らし、小さく身を震わせた。

ただ唇を合わせているだけだが強烈に淫靡《いんび》で美しく、大道寺は思わず息を止めて見入ってしまった。しのぶは、普段は清楚な魅力をこれでもかとばかりに振りまいているのに、男の腕の中では濃密な色香を滴らせる。このギャップに欲情を刺激され、もっと淫《みだ》らな姿を見たい、自分だけが知る顔を見せてほしいと誘惑される男はさぞかし多いことだろう。

淫婦め、と大道寺は忌々しげに心の中で悪態をつく。

二人を見ているうちに胸がムカムカし始め、苛立ちが込み上げてきた。

しのぶのすべてが気に食わない。男をいともたやすく虜《とりこ》にするしのぶに、大道寺自身も振り回されそうな予感がして、反発心を強くする。

ろくに喋ったこともない、本当に見た目通りに純真なのかも疑わしい女が気になるなど、まったく自分らしくない。

大道寺は踵《きびす》を返し、足音を立てずにその場を離れた。

自分をこんな不穏な気持ちにさせるしのぶが恨めしい。

しのぶと向き合って視線を絡めたときの心臓が疼《うず》くような感覚を思い出すたび、ひどく落ち着かない心地になる。ふとした拍子に、何か語りかけてくるような黒い瞳が脳裡《のうり》に浮かぶ。あんな目で見つめられたら、誰でもドキリとするに違いない。

だが俺は惑わされないぞ、と大道寺は突っ張った。

とにかくしのぶは胡散臭《うさんくさ》すぎる。何か隠しているのではないかと思われて仕方がない。気のせいだったなら謝るが、大道寺は己の勘を侮れないと自負している。

気になるなら、とことん調べて納得したほうがすっきりする。

そうすれば、しのぶを見て苛立つことも、胸が騒ぐこともなくなるだろう。

佑希哉に黙って勝手なことをするのは気が引けるが、やはりしのぶがどういう人間なのかはっきりさせようと大道寺は決意した。

＊

身上調査が得意な黒田《くろだ》という調査員に、藤倉しのぶと名乗っている女性を調べるよう頼んでいたところ、一週間後に報告書が上がってきた。

「いや、驚きましたよ」

三十歳だが童顔で、警戒心を持たれにくい温厚な雰囲気が武器の黒田は、デスクの前に立って大道寺と向き合うなり、開口一番にそう言った。

「どうだった?」

内心大道寺は、そうかやっぱりとんでもない女だったか、と勘が当たっていたことを確信し、溜飲《りゅういん》を下げていた。

「ここに何が書いてあっても俺はさして驚かない自信があるが」

年齢詐称、偽名、軽犯罪での逮捕歴、もしかすると前科持ちということもあり得るかもしれない。警察のお世話になった過去があるとはさすがに考えたくなかったが、結婚詐欺で訴えられたことがあっても不思議はないと思っている。

しかし、現実は大道寺の想像を遙かに超えたものだった。

「……男？」

「はい」

黒田はまるで自分が悪いことをしたかのごとく申し訳なさそうに大道寺の顔色を窺う。

大道寺は一瞬思考停止の状態に陥って、続ける言葉が見つからなかった。

何かの間違いではないのか。頭の中にあったのはその疑惑だけだ。

受け取ったファイルを開いて報告書にザッと目を通す。

本名、藤倉史宣。性別、男。年齢、二十三歳。

間違いなかった。

「驚きだな」

何が書かれていてもさして驚かないと言った舌の根も乾かぬうちに、前言撤回するはめになってしまった。

「私も、カフェで対象を目視しておりますので、信じがたい気持ちでいっぱいです。なんと言いますか……狐に化かされたようです」

「いや、驚いた」

大道寺はとにかくそれしか言葉にできなかった。

名前と歳は嘘の可能性があると怪しんでいたが、さすがに性別を偽っているとは思わなかった。蓋を開けてみると、表記こそ仮名に開いているものの名前は本名で、歳も合っている。

「男だと知らされて写真を見ても、ちょっと信じ難いですよね。身長は高めですが、このくらいある女性は珍しくないですし、ほっそりしていて指も女性的だから、全然わかりませんでした。肌は色白できめ細かいし、化粧も上手いし」

黒田はすぐに見抜けなかった己の不手際を弁解するかのように並べ立てる。

「いや、俺も二度も会っていながら、まったく気づかなかった」

佑希哉は、抱き締めてキスしても、おそらく気がついていないのだ。

「詐欺師か」

大道寺は胸中に溜まった胸糞悪《むなくそ》さを吐き出すようにきつい口調で言葉にする。

やはり、という気持ちと、そうであってほしくなかった気持ちが入り交じり、なんともやるせない、暗鬱《あんうつ》とした気分だった。親友を騙された怒りと、そんな女に自分までもが心を奪われそうになっていた屈辱、自嘲の念が、そこへさらに押し寄せる。

「過去に騙された被害者たち二人にも会って話を聞いてきました。二人とも彼女が男だと知って仰天してました。すごいんですよ。最後までさせないで骨抜きにして、お金を巻き上げたり貢がせたりする遣り口が。一人は一流企業のエリート社員で、彼女が十九のときに三ヵ月ほど付き合って、身寄りのない苦学生だという境遇に同情して全部で五百万近く金品を貢いだそうです。奥さんにばれそうになって、しばらく連絡を取り合わずにいたら、その隙にまんまと逃げられたと」

「二十歳にもなっていなかったのなら、今以上に可憐な美少女に化けていたんだろうな」

大道寺は隠し撮り写真に写った史宣の顔をピシッと指で弾いて苦々しげに言った。

「もう一人は当時四十六歳の中央官庁勤務の技師で、結婚を餌にやはり一千万ほど搾り取られてました。藤倉史宣はそのとき二十一です。この男、職場でのハラスメントがひどくて、過去にイジメで退職にまで追い込んだ部下がいたそうです。評判は最悪でした」

「……ほう」

たまたまそういうひどい男だったのか、それとも金を奪っても良心の呵責《かしゃく》が少なくてすみそうな相手を探したのか。大道寺は史宣がこれまで騙してきたのがどういった人物だったのか知りたくなった。

「現時点で話を聞くことができたのは二人だけですが、被害に遭った男性は調べればもっと出てくると思います。お時間いただけたら可能な限り洗い出し、当事者に当たって詳細をご報告いたします」

「頼む」

「畏《かしこ》まりました」

大道寺は「ひとまず、ご苦労様」と黒田を労《ねぎら》い、退出させた。

所長室に一人になって、あらためて報告書を一ページ目から精読する。

「八王子は親戚の家じゃなく、児童養護施設だったのか」

両親は事故死したと言っていたが、実際は母親が育児放棄したため警察に保護され、他に身寄りがなくて施設にやられたのだとわかった。父親は不明、となっている。

高校を卒業してからは、施設を出て都内にアパートを借り、ビルの清掃をする会社に勤めていた、とある。おそらく最初は普通に働いて生活していくつもりでいたのだろう。その後どういうきっかけで楽して暮らせる方法があることに気がついたのかはわからないが、清掃会社は十ヵ月あまりで辞めている。

それからは様々な職場を転々とし、ターゲットを探していたようだ。

男は本当に馬鹿だ。綺麗な女にその気のある素振りを見せられたら、ころっと参って分別を失う。男が女装して騙そうとしているのではないか、などとは夢にも思わない。大道寺自身、史宣を見るたびに心を乱されていた。滑稽すぎて自嘲するしかない。

史宣があのカフェで働いていたのも、一流企業に籍を置く金を持った男を引っかけるためだったに違いない。あの界隈《かいわい》には名だたる企業がオフィスを構えており、金ヅルになりそうな男がごまんと働いている。恋愛経験がほとんどない佑希哉を魅了し、夢中にさせることなど、過去に何人も手玉に取ってきた史宣には、赤子の手を捻るより簡単だっただろう。

大道寺は沈鬱な顔つきでふっと溜息をつき、ファイルを閉じた。

こうなるかもしれないと覚悟していたが、実際に恐れていた結果を突きつけられて、大道寺は激しく悩んだ。

佑希哉に事実をそのまま伝えていいものか迷う。

知れば佑希哉はかつてないほど傷つくだろう。家族に交際を認めてもらってあんなに嬉しそうにしていた姿、顔を思い出すと、とてもではないが言えないと憂鬱な気分になる。どう伝えれば傷を浅くできるのかまるで浮かばない。

結局、佑希哉には何も告げず、史宣にこの調査結果を見せて手を引かせるのが一番いいと結論した。適当な理由を作らせ、史宣のほうから別れ話を切り出させるのだ。それなら佑希哉は史宣が女性ではなかったと知らずにすむ。縁がなかったと諦めてくれるだろう。

そうとなれば早いほうがいい。明日にでも史宣と会って、即刻消えろと言ってやる。

クルーズ旅行になど行かせたら、ますます佑希哉の気持ちが史宣に傾くに違いない。阻止しなければと思った。

どういうつもりでクルーズ旅行に行くことを承知したのか知らないが、たいした神経の太さだ。四泊もすれば、いくら佑希哉が相手の意思を尊重する紳士でも、我慢しないだろう。泊まりがけで一緒に旅行する時点で、普通は体の関係になってもいいと合意したと見なされる。お互い子供ではないのだから、そんなつもりはなかった、は通用しない。

よほどうまく騙し抜く自信があるのか。確かに、報告書にもそのへんの遣り口の巧みさは事細かに記されていた。それができるからこそ詐欺師だと言えばまさしくだ。

大道寺は調査報告書に記載されていた史宣の現住所をインターネットの地図で確認し、朝出勤する史宣を待ち伏せて車に乗せ、店まで送るかたがた用件を話すつもりだった。逃げようとするなら調書をこのまま佑希哉に渡すと脅せばいい。これまで犯してきた詐欺行為の裏も取れていると知れば、観念するだろう。

段取りを考えている最中に、スマートフォンが軽く鳴った。

佑希哉からのメールが着信していた。

『突然だが、明日から、以前きみにも話したクルージングに行くことになった。急に日程が決まって、鹿児島《かごしま》までの航空機の手配やなにやらでバタバタしていて、今頃こんな形で連絡することになって申し訳ない。お土産買ってくるよ』

一読して、大道寺はタイミングの悪さに唸《うな》った。

ちょっと待て、と衝動的に電話しそうになったが、今から旅行を中止させようと思ったら佑希哉に何もかもぶちまけるしかなく、大道寺は逸る気持ちを抑えた。感情的になれば勢いに任せてよけいなことまで言ってしまうかもしれず、佑希哉を傷つけかねない。冷静になれと己を諫《いさ》めた。

『そうか。気をつけて行ってこい。楽しい旅になるよう祈っている』

当たり障りのない短い文面を作成して送信する。いろいろ記していると、やっとのことで抑えている苛立ちや焦りが噴出しそうで控えた。恐ろしくそっけないメールになってしまったが、もともと大道寺はいつもこんな感じなので、佑希哉も慣れているはずだ。

史宣を捕まえて話をつけるのは旅行から帰ってきてからだ。

それまでには追加報告も上がってくるはずなので、かえってそのほうがじっくりと史宣を追い詰められると考えることにした。

「どこまで佑希哉を騙し通せるのか、お手並み拝見といこうか」

大道寺は口元を歪《ゆが》めて冷笑し、回転椅子を回して夜景の広がる窓と向き合った。

今頃史宣はどんな心境で明日を待っているのか。

このところ、物思いに耽《ふけ》りだすと必ずと言っていいほど史宣のことを考える自分に、大道寺ははっとして舌打ちする。

「またか……」

軽蔑し、嫌っているはずの相手のことが頭から離れないとは不覚だ。

大道寺は脳裡に浮かんだ史宣を追い払うと、立ち上がって、傍らのポールハンガーに掛けてあった三つ揃いの上着を羽織った。

所長室の隣の秘書室には、秘書課長の女性が一人残っていた。

「お帰りですか」

「ああ。きみはまだ仕事があるのか」

「いいえ。所長が退社されるのでしたら、私も帰らせていただきます」

てきぱきとした有能な女性だ。大道寺より二つ年上で、眼鏡を外して髪を下ろすとなかなかの美人で色気があることも知っている。

不意に、大道寺は今夜一人で過ごしたくない気分になった。

「送っていこうか」

「よろしいんですか」

「ああ」

「ありがとうございます」

軽く頭を下げて、しっとりと微笑む。

大道寺は彼女をマンションまで送っていき、そのまま朝まで一緒に過ごした。

3

「ここにいたのか」

　七階の突端にあるデッキで手摺《てす》りに凭《もた》れ、風に吹かれながら刻一刻と暗さを増していく空と海を眺めていた史宣《しのぶ》は、佑希哉《ゆきや》に声をかけられて振り返った。

「部屋にいないから、どこへ行ったのかと探したよ」

「ごめんなさい。こんな立派な客船に乗ったのは初めてで、あちこち歩いて回っているうちにここを見つけて」

　船長に挨拶に行った佑希哉はしばらく戻ってこないだろうと思い、船内の散策に出てしまった。高級ホテルのスイートルームに引けを取らない豪奢《ごうしゃ》な部屋で、することもなくじっとしているのは手持ち無沙汰《ぶさた》だった。

「寒くない？」

「少し風が冷たいけど、平気です」

　佑希哉は軽く頷《うなず》いておきながらも史宣の言葉を額面通りに受け取らず、手に持ったショールで風に晒《さら》されて冷えかけていた体を包んでくれた。

カシミアの布を一枚羽織るだけで寒気が和らぐ。

船内のラウンジからガラス越しに史宣がデッキにいるのを見つけて、わざわざショールを用意してきてくれたのかと思うと、心もじんわり温まる。

佑希哉は今まで史宣がかかわってきた誰より思いやり深くて気が利く優しい男だ。付き合えば付き合うほど人間性の素晴らしさに敬服し、惹かれる。

穏やかで落ち着きがあり、自己主張の強いほうではないが自分の意見はきちんと持っていて、行動力がある。おおらかで他者に敬意を払い、威張らない。品格の滲《にじ》み出た立ち居振る舞いは優雅だ。

今まで史宣は、地位や財力のある男とばかり付き合ってきたが、傲慢《ごうまん》な自信家が多く、美しい女を勲章のように考えて欲しがる者ばかりだった。史宣は彼らの弱みを見つけてはそこにつけ込み、脅しのネタを用意して金品だけ巻き上げて逃げてきたわけだが、騙《だま》したことを後悔するような男は一人もいなかった。むしろ、ざまぁみろと爽快《そうかい》な気分になっていたくらいだ。

佑希哉のような清々しく、欲を感じさせない男は初めてだ。常に謙虚で、自分を少しも特別だと思っていないのがすごい。家庭環境や学歴といった要因に左右されず、その人自身を見ようとするところなど、実際なかなかできることではないと思う。それを自然とやってのける佑希哉には、人としての大きさを感じさせられる。

鹿児島港《かごしまこう》を午後四時に出港してからおよそ一時間。乗客乗員合わせて五百人超乗船可能な客船は、ほとんど揺れることなく大海原を悠々と進んでいく。航海初日の海は凪《な》いでおり、四泊五日のクルーズは快調な滑り出しだった。

ウエルカムディナーが始まるまでの間、皆、思い思いに過ごしている。船内を見学して回る者もいれば、部屋で休んでいる者もいるだろう。ラウンジやデッキで寛《くつろ》ぐ人も多い。デッキは最上階になる八階にサンデッキがあり、そこが一番広い。

史宣たちが今いる七階は、プールやジム、スポーツバー、ラウンジ、茶室などの施設が集まったパブリックフロアだ。客室は六階から下にあり、中でも最高ランクのスイートルームを佑希哉は取ってくれていた。

この豪華な船の中でも二室しかないグランドスイートは、横長のデッキと海を眺めながら入浴できるブローバス、ツインベッドルームにウォークインクローゼットまで備えた、広々とした部屋だ。専用のバトラーまで付いていて、きめ細やかなサーヴィスを提供してくれる。

まるでホテルの一室かと思うような部屋を見て、覚悟はしていたが、果たして四日間うまく逃げ切れるだろうかと、さすがに不安になった。

佑希哉と出会ってから史宣は明らかに調子を狂わせている。することなすこと誤算続きで、何一つ思ったとおりに運ばない。

引き合わされた沼崎《ぬまざき》夫妻は、話に聞く以上にリベラルな考えの持ち主で、とりあえず交際することに関しては佑希哉の意思を尊重する構えのようだった。唯一の救いは、結婚はお互いをじっくりと知ってから考えなさい、と佑希哉を牽制《けんせい》してくれたことだ。

今回は自分から仕掛けたわけではないが、佑希哉が史宣に熱を上げているとわかった時点で、史宣は佑希哉をカモにする気満々だった。本来であれば親と会うなどとんでもないことだったが、佑希哉はおっとりとしているようでいて、こうと決めたら行動が早く、瞬く間に話が進んでいた。佑希哉を見くびりすぎていたと気づいたときには、すでに遅かった。

これまでは自分のほうが相手を翻弄《ほんろう》し、主導権を握ってきたが、佑希哉には振り回されっぱなしだ。勝手が違って戸惑ってばかりいる。

クルーズの話が出たときにも、本当は断りたかった。

だが、佑希哉があまりに熱心で、楽しみにしているのが伝わってきて、咄嗟《とっさ》に嫌だと言えなかった。入社以来五年間、一度も取らなかった有給休暇を申請すると聞き、がっかりさせては悪い気になったのだ。そもそもが、人のいい御曹司《おんぞうし》を騙している身でありながら、なるべく傷つけたくないと思うなど、本末転倒もいいところだ。

性別まで偽って嘘で塗り固めた人間を、清らかで一生懸命に生きているけなげな女性と信じて疑わない佑希哉の真っ直ぐさ、清廉さに、史宣は初めて恥を知るということを味わわされた。いつもなら騙されるほうが馬鹿だと一笑に付しているはずが、今度ばかりはそんな気になれない。恋にのぼせて目が眩《くら》んでいるのは否めないが、純粋な愛情を惜しげもなく注がれているのをひしひしと感じ、こんな人を嘲《あざけ》る資格がおまえにあるのかと自省する。その程度の良心はまだ残っていたようだ。

このままでは、いつものように割り切って金品を巻き上げることに集中できず、大やけどを負いかねない。冷静かつ非情でなければ、詐欺のような細かく神経を遣う仕事は成功しない。迷いがあるのはなにより危険だと、過去の経験から知っている。

潔く負けを認めて、手を引くべきかもしれない。

この旅行中に、佑希哉に嫌われる振る舞いをして、思っていたのと違っていたと幻滅させれば、佑希哉のほうから振ってくれる。

不自然にならない程度に、少しずつ佑希哉の癇《かん》に障ることをするのが肝要だ。急に態度を変えたら、何か理由があるのではないかと勘繰られる。佑希哉は決して鈍くはない。話をしていると頭のよさが端々に感じられる。ひたと見据えられたときなど、嘘がばれたのではないかとヒヤリとし、心臓に悪いことこの上ない。そんな男がなぜ自分を本物の女かどうか疑わないのか、不思議なくらいだ。もっとも、そんな考えは奇想天外すぎて、頭を掠《かす》めもしないのだろう。

今までの男たちも同様だったので、べつに佑希哉だけが騙されやすいわけではない。

「ずっと街中で会ってばかりで、ドライブにすら行ったことがなかったのに、いきなり船旅に誘うなんて、ちょっと大胆すぎたかな」

手摺りに凭れ、並んで黄昏《たそがれ》に染まっていく空と海を眺めつつ、佑希哉が照れくさそうに言う。

端整な横顔をちらりと見ると、夕日の照り返しを受けたように赤らんでいて、史宣は微笑《ほほえ》ましさに唇を緩めた。

いい歳をしているくせに、色恋沙汰となるとぎこちなく、生意気かもしれないが可愛《かわい》いとさえ思ってしまう。息遣いだけでなく体温までもが伝わるほど傍にいながら、遠慮して肩を抱き寄せてきさえしない。泊まりがけの旅行に緊張しているのは、むしろ佑希哉のほうだった。

さて、どうやってこの優しくて礼儀正しい男をうんざりさせ、冷めさせればいいのか。

史宣は頭を悩ませた。さんざん男を弄《もてあそ》んできたが、自分を嫌いにさせるよう仕向けた経験はない。普通、いかにして目標額をせしめるまでその気にさせておくかに手練手管を使うのだ。

掛けてもらったショールを胸元で掻《か》き合わせ、片手で風に靡《なび》く髪を押さえる。

人毛を使用したストレートロングのウイッグは、触っても自毛となんら変わらず、違和感はない。史宣が持つ商売道具の中で最も値の張る物だ。必要経費と割り切って購入したが、おかげで今まで誰にも怪しまれたことはない。

「迷惑じゃなかった？」

今さらそんなことを聞かれても、と史宣は内心苦笑する。何か話さなければ史宣が退屈するとでも思っているらしい。気を遣われているのを感じる。

「急に日程が決まったので、職場のチーフからは嫌味を言われましたけど、それ以外は大丈夫でした。迷惑だなんて。旅行なんてあまりしたことがないから……楽しみにしてました」

「ならよかった。ちょっと強引すぎたかと、後から不安になっていた」

「気にしすぎです」

自分はそんな丁重に扱ってもらう価値などない人間だ。胸の内で自嘲《じちょう》する。

「車、自分で運転するんですか」

佑希哉がドライブと言ったことに絡めて聞いてみる。確か、自分の車は持っていないと言っていたはずだ。

桁《けた》違いの金持ちがどんな生活をしているかに興味はあった。裏を返せば、佑希哉のことがもっと知りたい気持ちに通じているのを否定できない。

「家の車をときどきね。休みの日に気が向いたらふらっと景勝地を観に行ったりしているよ」

「一人でですか」

「たいていはね」

佑希哉は史宣のほうからこうした質問をされたことに少し驚き、結構まんざらでもなさそうにする。関心を持たれたのが嬉しかったようだ。ひょっとすると、史宣が佑希哉の過去を気にしているように感じたのかもしれない。好きな相手に焼きもちをやかれるのは、悪い気ばかりではないものだ。

「僕が運転する車の助手席に乗ったことがあるのは、今のところ雅孝《まさたか》だけかな」

「大道寺《だいどうじ》さん?」

「そう。彼とは本当の兄弟以上に近しい間柄でね。大卒後海外に行ってしまってしばらくは電話とメールだけの付き合いだったけど、帰国してからは月に一、二度は会っている。彼とならば運転も行きと帰りで交替できるし、気心が知れているから楽なんだ。まぁ、彼は要領がよくてすこぶる魅力的だから、交際している相手はいると思うんだが、僕が一人なのを気の毒がって付き合ってくれていたんじゃないかな。……これからは、きみとあちこち行けたら嬉《うれ》しい」

佑希哉は史宣の顔を見て、率直に言う。

大道寺が苦手な史宣は、佑希哉の口から彼の名を聞いて憂鬱《ゆううつ》な気持ちになった。

「私とのこと、大道寺さんは反対されてません? 何か言われなかったですか」

「いや」

佑希哉は短く否定し、微笑みと戸惑いと不安が混ざったような複雑な表情を浮かべた。

「なぜだろう。雅孝からも、きみが彼のことを僕に何か聞いたんじゃないかと言われたよ」

お互いを意識し合っている、佑希哉はそう言いたいらしかった。

気のせいか、大道寺と史宣に妬いているようにも見え、史宣は冗談だろうと内心毒づいた。意識しているのは事実だが、好意的な意味ではまったくない。単に、疑り深そうな、いけ好かない男だと思って警戒しているだけだ。案の定、向こうも史宣が自分をどう思ったか探りを入れたらしい。ますますもって油断がならない。

「大道寺さんは、たぶん、私を疑っているんだと思います。本当に佑希哉さんのことが好きなのか。私と佑希哉さんではあまりにも不釣り合いだから」

この際だったので史宣は自虐を込めて言ってみた。佑希哉の反応を見たい気持ちもあった。

佑希哉はすっと顔つきを引き締め、真剣な表情になる。

「僕はきみにもし打算があったとしても、かまわない」

佑希哉の返事はきっぱりしていた。迷う素振りも窺《うかが》わせない。

史宣は思わず息を詰め、佑希哉の澄んだ目を覗《のぞ》いて真意を探ろうとした。

佑希哉からもしっかりと目を見つめ返され、たじろぎそうになるのを必死で堪える。ここで目を逸らしたら負けだ、正体を暴かれると思った。それでもいいつもりでいたのに、いざとなるとやはり怖くて、兢々《きょうきょう》としてしまう。

「きみが自分自身をどう思っているのかは知らないけれど、僕にとっては素直で心根の優しい素敵な人だよ」

それは違う。史宣はバツの悪さに、この場から逃げたくなった。

佑希哉は何も知らない。わかってない。馬鹿だ。間抜けだ。だが、純粋すぎて、知れば知るほど好意が増し、裏切れない気持ちになる。

返す言葉もなく表情を固めた史宣に、佑希哉は心が洗われるような清々しい笑顔を向けてくる。佑希哉のまなざしは思慮深く、ただ闇雲に好きな女を信じたいから信じるという感情的なものだけではない鋭さが含まれているようだった。

本当に怖いのは佑希哉のほうかもしれない。ふとそんなことを感じ、腕にザワッと鳥肌が立つ。大道寺ばかり気にして、佑希哉のことはいざとなったらどうにでもなると高を括《くく》っていたが、それも史宣の考えが甘かったのか。史宣にはよくわからなくなった。鷹揚《おうよう》で常におっとりしているように思えるが、よく考えたら、業界一位の業績を誇る沼崎商事で二十七歳にして部下を何人も持つ男だ。佑希哉の家のことを知ってからは、どうせ親の七光りで出世させてもらったのだろうと侮っていたが、それだけではない気もしてきた。そういえば、初めて出会ったとき、部下たちから一目置かれた様子だったが、おべんちゃらやごますりといった感じは受けなかったことを思い出す。

「……打算、本当にあるかもしれないですよ」

史宣は佑希哉の本心をもっと引きずり出したくて、わざと試すようなことを言ってみた。

「いいよ」

佑希哉はまたさらっと答える。軽い気持ちや冗談などでないことは、真面目な顔つきから察せられた。

「きみがどんな物を欲しがっても応えられるよう、精一杯努力する。なんだったら、身ぐるみ剝《は》がされてもいい」

「その暁に私が逃げたら?」

「もう一度、きみにふさわしい男になって追いかける」

言うことは立派だが、絶対に無理だ、と史宣は佑希哉の世間知らずぶりを揶揄《やゆ》してやりたかった。生まれてから今まで、何の苦労もせず恵まれた人生を歩んできた甘チャンが、裸一貫から出直し、以前と同じかそれ以上にまでのし上がるなど、夢物語もいいところだ。それすらも親がかりで果たすつもりなら、追いかけてこられたところで史宣が元の鞘《さや》に収まることを承知するはずがない。

史宣は曖昧な笑みを浮かべ、何も言わずに遣《や》り過ごした。

佑希哉もそれ以上はこの話を続けず、話題を変えた。

「ディナーの前に入浴して着替えるなら、そろそろ部屋に戻ったほうがいいね」

「ドレスコード、あるんですか?」

「いや、この船はそこまでしゃちほこばってないから、カジュアルでいいはずだよ。でも、僕はせっかくだからきみがドレスを着てくれたら嬉しい」

出発までの間に史宣は佑希哉に勧められるまま、ドレスを三着新調していた。自分では商売道具にするとしても絶対買わないような高価なものだ。

そんな服を着せたがるからには、当然、脱がせるときは自分の手で剝ぎ取りたいのだろう。

史宣はそっと唇を嚙《か》み、そうはいかない、と腹の中で反発した。

「シャワーを浴びて、着替えます」

「行っておいで」

えっ、と史宣は目を瞠《みは》る。てっきり佑希哉も一緒に部屋に戻るのだと思っていた。佑希哉の目を避けて着替えなくてはと気負っていたが、一人にしてくれるとわかって拍子抜けする。

「僕はバーで軽く飲んでいる。一時間したら迎えにいくよ。それ以上かかりそうなら携帯に電話して」

佑希哉の徹底した紳士ぶりは伊達《だて》ではないようだ。史宣には理解しがたい潔癖さで、安堵《あんど》と心地悪さが同時に湧く。次にどう出るのか読めないところが心許なかった。今までの手が通用するかどうかもわからない。

一つ下の階にある部屋に戻り、念のためドアストッパーを掛けて、入浴する。シャワーだけのつもりだったが、佑希哉が浴室に急に踏み込んでくる心配がないとわかったら、ウイッグを外してゆっくりバスタブに浸かりたくなった。夜はたぶんそんな余裕はない気がするので、今のうちに人心地ついておく。

円形の浴槽は大きな窓に面しており、日が落ちて藍色《あいいろ》に染まった空と暗い海が望めた。パッド入りのブラジャーを丁寧に外して脱衣籠《かご》に置くとき、これを見たら佑希哉はきっと衝撃を受けるだろうと思って気持ちが塞いだ。

自分を無条件に信じ、好意を示してくれる相手を裏切っていることが苦しい。

いっそ今夜全部打ち明けようかという衝動が込み上げてくる。

だが、それを理性と保身が払いのける。もうこれで何度目かしれない鬩《せめ》ぎ合いだった。

着替えて化粧をする時間が三十分は必要なので、それに間に合うように入浴をすませた。うっかり考え事をしていると、一時間などあっというまだ。

化粧も着替えも慣れている。元々女に近い中性的な顔立ちなので、メイクで作らなくても薄く色を乗せるだけで女性にしか見えない顔になる。自毛にネットを被せてウイッグをしっかりと被り、ラメ入りの黒いふわっとしたドレスを身に着けた。膝丈のスカートはパニエで綺麗に広がっている。姿見に全身を映してみると、我ながら惚れ惚れするほどスタイルがよく見えて美しかった。だが、これは本来の自分の姿ではない。まがいものだ。そう思うとまったく喜べず、憂鬱な気持ちになった。

律儀な佑希哉らしく、ちょうど一時間後にドアがノックされたときには、史宣は準備万端整えて待っていた。

着替えた史宣を見た佑希哉は一瞬目を瞠り、それから眩しげに細めた。

「おかしい……ですか」

「いや。綺麗だ。綺麗すぎて……僕なんかがエスコート役でいいんだろうかと心配になった」

「言いすぎです」

演技する必要もなく史宣ははにかみ、俯《うつむ》いた。

そんなことを言う男はきっと世界中探しても佑希哉だけだ。

初日のディナーは船長主催のウェルカムパーティーを兼ねているため、二階にあるメインダイニングで行われることになっている。五百人近い乗客が一堂に会してテーブルに着けるほど広い部屋だ。

特にドレスコードは設けられていないため、集まった客の服装は様々だった。襟のないデザイン性の高いジャケットが目を引くスーツを着た佑希哉と、盛装した史宣のような人たちもいれば、普段着と大差ない格好の人もいる。

予想はしていたが、史宣と佑希哉は明らかに注目の的になっていた。

しかし、エスコートする佑希哉がまるで動じず、普段と全然変わらない態度で悠然と振る舞うため、史宣もそのうち人目を意識しなくなった。創業祝賀パーティーに来ていた面子《メンツ》の凄《すご》さを思えば、このくらい佑希哉にはなんでもないことだろう。

ワインと共に食事を楽しみ、一テーブルずつ挨拶に回ってきた船長や航海士と顔を合わせ、余興のジャズ演奏に耳を傾けた。テーブルは六人掛けで、同席した他の四人とも会話した。六十後半から七十代のリタイアした夫婦二組で、史宣たちをハネムーナーだと思っているようだった。佑希哉はそうした発言を「はい」「はい」とにこやかに受け流していた。訂正したところで婚前旅行という認識に変わるだけになりそうだったので、史宣もべつにかまわなかったのだが、二人になったとき、佑希哉は「ごめんね」と耳元で謝ってくれた。相変わらず多方向に気配りが行き届いていていて感心する。

部屋に引き揚げてきたのは十時少し前だった。

乾杯のときのシャンパンに始まり、ワインを三杯も飲んでしまったので、史宣は微酔《ほろよ》い加減になっていた。食事の最中にちょっと飲み過ぎているという自覚はあったが、同席した中の一人が話し上手で、興味深く耳を傾け、笑っているうちに、自然と酒量が進んでいた。佑希哉は史宣以上に飲んでいたが、彼の強さはこれまでの付き合いの中で証明されている。実際、酔った様子は微塵《みじん》も窺えない。

リビングのソファに崩れるように腰掛けた史宣に、佑希哉は「大丈夫?」と心配して近づいてきた。

「はい。足元がふらついただけです」

史宣は佑希哉から心持ち身を遠ざけて返事をする。

佑希哉は史宣の火照った顔を覗き込み、心配そうに眉根を寄せた。

「ちょっと飲み過ぎたかな。気分は悪くない?」

佑希哉を心配させるのは本意ではなかったものの、気分が悪いことにすれば今夜は別々のベッドで寝られるという姑息《こそく》な考えが脳裡《のうり》を掠《かす》めた。

「ごめんなさい、少し」

俯いたまま、気怠そうに髪を掻き上げる。

「もう休んだほうがいいかもしれない」

「そうさせてもらえますか」

史宣はしおらしく言って、ありがたがる目つきをした。

「一人でベッドに行ける?」

「はい」

まかり間違ってお姫様抱っこなどされては大変だと慮《おもんぱか》り、史宣はしっかり首を縦に振る。やりかねない雰囲気だったのだ。

「僕はここでメールのチェックをしてから風呂に入る。きみは先に寝なさい。僕のことは気にしないで」

佑希哉の言葉をこれ幸いと、史宣は寝室に引き取り、化粧を落としてパジャマに着替え、ツインベッドの一方に潜り込んだ。

それでもやはり、夜中に佑希哉が布団を剝いでのし掛かってくる可能性を捨てきれず、おちおち眠れなかった。

うつらうつらしては、些細《ささい》な物音にもはっとして目を覚ます。

佑希哉が寝室に入ってきて、クローゼットでスーツを脱ぎ、そのままバスルームに行くのも、寝たふりを続けながら把握していた。

その後また浅い眠りに落ちたが、ギシッとベッドのスプリングが軋む音を過敏になった神経が拾い、引き戻された。

史宣の心配をよそに、佑希哉は空いているベッドに横になり、枕元の灯りを消した。

しばらくすると、スウスウと静かな寝息が聞こえだし、寝入ったのだとわかった。

一気に気が緩み、史宣はそれからようやく朝まで熟睡することができた。

朝は佑希哉より先に起きて、シャワーと着替えをすませるつもりでいたのだが、不覚にも、目覚めたときにはすでに佑希哉の姿は傍らのベッドになかった。

室内にもいる気配がなく、どこへ行ったのかと訝《いぶか》りながら布団を除けて起き上がると、サイドチェストの上に書き置きがあった。

『おはよう。僕はジムで一時間ほど走ってきます。きみは朝食の時間までゆっくりしていてください。もちろん、ジムに来てもいいよ。佑希哉』

流れるような筆跡で書かれた文字を見て、史宣はまたしてもキュウッと心臓が絞られるような痛みを味わった。

いい人だ。それはもうとっくにわかっているが、知れば知るほどいい人だ。見せかけではなく、本当に優しくて思いやりのある人だ。

どうしてこんな人が現実にいるのだろう。

よりにもよって、化けた史宣に恋などしてくれたのだろう。

せつなくて、苦しくて、胸の痞《つか》えが抑えようもなく迫り上がってきたかと思うと、鼻の奥がツンとする。

あっ、と思ったときには涙が湧き出るように零れていた。

こんな気持ちになると予測できていたなら、最初に声をかけられたとき、彼氏がいるとでも嘘をついて断ればよかった。最も手を出してはいけない人に手を出してしまった。後悔してもしきれない。

今夜は、そして明日の夜、さらに明後日の夜は、どうなるのか。

昨晩の手はもう通用しない。

うまく乗り切れなかったときは、潔く謝ろう。それがせめてもの罪滅ぼしだ。さすがの佑希哉も激怒して、部屋をもう一つ用意するから出て行けと言うかもしれない。そうされても自業自得だ。史宣は腹を括った。

シャワーを浴びて身支度を調え、七階にあるジムを覗きに行く。

佑希哉はランニングマシンで健康的な汗を流している最中だった。Tシャツの胸元が色を変え、肌に張りついている。スーツを着ているときには細身にすら見えるが、シャツ一枚着ただけの肉体は予想以上に逞《たくま》しく、躍動感に満ちている。今日だけではなく、日々鍛練しているのが明らかだ。

隣接するスポーツバーからガラス越しに見ていた史宣に気づいた佑希哉が、運動を続けながら手を上げて合図してくる。

史宣も同じようにして合図を返した。

目と目が合って、意思が通じ合っていることを感じる。

本気になりかけているかもしれない、と今さらながら己の気持ちに気がついて、史宣は途方に暮れた。

＊

鹿児島港を出港して屋久島《やくしま》、奄美《あまみ》大島《おおしま》、沖縄《おきなわ》本島、石垣島《いしがきじま》と五日間かけて巡り、新石垣空港から羽田《はねだ》へ空路で三時間。東京《とうきょう》に着いたのは午後七時前だった。

「本当にここから電車で帰るの？」

佑希哉は史宣と空港で別れるのは気が進まなそうに聞く。これでもう三度目だ。

「せめて最寄りの駅まで送らせてくれないかな。スーツケースもあるし、まだ帰宅する勤め人も多い時間だから大変だよ」

佑希哉には自宅からお抱え運転手が車で迎えにきているそうで、それに一緒に乗ってほしいとずっと勧められている。

「なんならうちの車は帰して、タクシーに乗ってもいいよ」

「そんなことしちゃだめ」

史宣は窘《たしな》める口調で佑希哉にはっきり言った。

「佑希哉さんのおかげで五日間とても楽しかった。明日からはまたいつもの生活に戻らないといけないから、帰り道で気持ちの切り替えがしたいんです」

豪華客船で過ごした時間は史宣の世界とはかけ離れていた。真面目な振りをして、気持ちの切り替えが必要だと言ったが、それはもちろん言い訳だ。これ以上佑希哉に甘えると、離れる決意がいよいよ鈍りそうで不安だった。

四泊もしておきながら、結局佑希哉は史宣に求めてこなかった。

最初の一夜は酔って気分が悪いと嘘をついて躱《かわ》したが、二晩目からも佑希哉は別々に寝ると決めていたかのごとく、当たり前のように自分のベッドで寝た。史宣は日中ずっとどう断ろうかと頭を悩ませていたのだが、それは幸運にも徒労に終わった。

たぶん、佑希哉は史宣がまだそのつもりでないことを察し、史宣に何も言わせずに自分から引いたのだ。女性と信じている史宣としたくなかったとは思えない。当然、それに対する期待も込みで旅行を計画したはずだ。

キスは何度かした。軽く舌を絡ませる程度のことまでした。なのに最後の一線は越えようとしなかった佑希哉の辛抱強さ、ストイックさに、同じ男として敬服する。好きな女性がすぐ傍で寝ているにもかかわらず指を咥《くわ》えて我慢し、最後まで手を出さずにいられるとは、どれだけ自制心が強いのか。

女だったらよかった、と史宣は生まれて初めて己の性を残念がった。

佑希哉の懐の深さ、優れた人間性は本物だと思う。少なくとも、史宣にはそう信じられる。だから、これ以上はもう親切にしないでほしかった。愛情深さを感じさせないでもらいたい。でなければ、別れようとしている気持ちがぐらつく。

「わかったよ」

佑希哉はふうっと溜息を洩《も》らし、今度もまた史宣に譲歩した。

「その代わり、帰り着いたら必ず連絡して。メールでいいから」

「はい」

約束しても佑希哉はしばらくその場を動こうとしなかった。

諦めて、史宣から先に「それじゃあ、おやすみなさい」とお辞儀して、地下に下りるエスカレータに向かって歩きだす。

下り際にチラッと背後を振り返ると、佑希哉はまだその場に立っており、じっとこちらに視線を向けて見送ってくれていた。

愛されているのがひしひしと伝わってきて身に染みる。

モノレールに乗車してからも、史宣はずっと佑希哉のことばかり考え、いろいろなものを見聞きして楽しませてもらった五日間の出来事に思いを馳《は》せていた。

贅沢《ぜいたく》な旅だった。

寄港した島々では名物や名産をたくさん味わい、自然に親しみ、希少な動植物を観察し、退屈する暇もなく時間が過ぎていった。

船内での食事は、朝はブッフェ、夜はフレンチやイタリアン、懐石のコースから一つ選んで予約を入れ、好きなものを食べられる。プールやジムで運動したり、映画やショーを観たり、エステサロンでマッサージを受けることもできた。残念ながら史宣はエステには行けなかったし、水着にもなれなかったが、それ以外のことは一通りした。部屋で佑希哉と、貸し出ししてもらったＤＶＤを観ながら、ワインを一本開けて過ごした夜もある。

そうしたあれこれを通じていろいろな話をし、行動を共にしてみても、佑希哉の嫌いなところをいっこうに見つけられなくて困った。人間だからむろん欠点はあるはずだが、少なくともそれは史宣にとっては気にならないことか、許容範囲に収まることなのだろう。相性のよさを感じただけだった。

だが、いくら相性がよかったとしても、自分たちには無意味だ。

飛行機を降りたらすべて忘れて二度と関わらないと決意した。

結局、佑希哉から百万単位で金を巻き上げるつもりだった当初の目的は頓挫《とんざ》したものの、貴重な経験をさせてもらって、得たものは大きかったと思っている。

たまにはこういう失敗もあっていい。

今回の一件は史宣の中で尾を引きそうだが、心の整理がつけば、また次のターゲットを探すことになるだろう。今すぐにはとてもそんな気になれないが、喉元過ぎれば熱さを忘れるという。そう簡単に生き方を変えてまっとうな人間になれるとは思えない。苦より楽を取る怠け者だし、金至上主義だし、嘘つきだ。佑希哉に対しては我ながら意外なくらい良心的に接したつもりだが、根本的な部分で騙していたのだから、威張れたことではない。

浜松町《はままつちょう》でJR線に乗り換え、最寄り駅から歩いて十分のところに史宣は部屋を借りている。木造二階建てのコーポだ。

駅前の雑踏を抜けて住宅が密集する辺りに来ると、夜でも明るい商業地域とは打って変わって静かになる。街灯がポツポツと立ち並ぶ狭い道をアパートに向かって歩く途中、自転車に乗った塾帰りと思《おぼ》しき男子生徒に一度追い越されただけで、他には誰とも会わなかった。斜向《はすむ》かいの四階建ての古いマンションの前に見慣れぬシルバーの乗用車が駐まっていたが、史宣は気に留めることなく道の反対側を通り過ぎた。

史宣の住むアパートは夜の職業の住人が多いらしく、午後九時半頃は窓の明かりが消えた部屋が半分以上だ。今夜も例外でなく、人の気配がする部屋はいくつもなかった。

史宣の部屋は二階の端になる。

水色のペンキが塗られた鉄製の階段下に、郵便受けが並んでいる。郵便が来るあてはなかったが、五日も留守にしていたので念のため覗いておこうと足を向けたとき、道の向こうでバタンと車のドアを閉める音がした。

さっきの車に誰か乗っていたようだ。

郵便受けに入れられていたチラシとＤＭを手に、何の気なしに振り返った史宣は、階段の上がり口に置いたままにしておいたスーツケースの傍らに立つ長身の男と顔を合わせ、ギョッとして身を硬くした。

「よう。話があって待たせてもらっていた」

大道寺雅孝は脇に挟んだ大判の分厚い封筒に、これみよがしに意味深な視線を送り、注意を向けさせる。それだけで史宣は大道寺がどんな用件で待ち伏せしていたのか悟り、ふっと溜息をついた。

「夜に道端で聞く話でもなさそうだから、上がります？」

この期に及んでジタバタしても始まらない。ごまかしも通用しないだろう。大道寺の皮肉に満ちた顔つきを見れば、全部ばれていることは聞くまでもなかった。封筒の中身も察しがつく。

「そうだな。お邪魔しようか」

大道寺は躊躇《ためら》いも遠慮もせずに同意すると、史宣のスーツケースを軽々と持ち上げて、先に階段を上がっていった。

史宣もすぐに後を追う。

佑希哉よりさらに一、二センチ背の高い大道寺は、史宣が階段を上がり終えて通路に立ったときには、すでに最奥に位置する史宣の部屋の前にいた。

女物のバッグに手を突っ込んでキーケースを探しながら足早に大道寺の許へ行く。

ここまで来たら史宣に逃げ場はないと承知しているのか、大道寺は急かさなかった。悠然と立って待ち構える姿は威圧感に満ち、傲慢で高飛車な印象だった。目つきの鋭さは、隠し事など何もできなそうな炯眼《けいがん》さを感じさせ、ひたと見据えられると心臓が縮み上がりそうな怖さがある。佑希哉からは、趣味で会社経営をしているとだけ聞いていたが、それが『Ｍｄ探偵事務所』という調査専門の会社だということは、ちょっと探ればすぐわかった。知ったとき、まずいと思ったが、かといってどうすることもできず、いつかこんなふうに対決するときが来るだろうと恐れつつ、そうなったらなったで開き直るしかないと考えていた。

鍵を開けてドアを引き、大道寺を中に入らせる。

入るとすぐ台所があって、奥に六畳の和室がある。

大道寺はスーツケースを沓脱《くつぬ》ぎにまで運び入れ、高価そうな革靴を脱いで奥へ上がり込む。

無遠慮だが礼儀は弁《わきま》えており、不作法ではなかった。殺風景な部屋を一瞥《いちべつ》しても、僅《わず》かに眉を顰《ひそ》めただけで何も言わない。中型の重たいスーツケースを頼みもしないのに持って上がってくれるところなど、佑希哉同様紳士的だ。史宣が男だとわかっていてもワンピースを着て女装している以上は女と見なすのか、なんにせよ自然と体が動くらしい。

「その分だと俺が何を言いに来たか察しがついているようだな」

大道寺は、冬場は炬燵《こたつ》として使う座卓に着き、座布団に座って胡座《あぐら》をかく。

いつもなら、部屋に帰ると一番にウイッグを外して化粧を落とし、着替えて本来の姿に戻るのだが、大道寺の前でそうする気にはならず、諦めた。

「お茶、飲みます?」

「結構だ。いいからおまえもここに座れ」

他人の部屋で横柄に振る舞い、命令する大道寺に不快感を湧かせつつも、史宣は言われた通りにする。明らかに立場が悪いことを肌で感じていた。ここは少しでも大道寺の機嫌を損ねないよう下手《したて》に出るのが得策だと思った。

向かい合う形で座卓に着いた史宣を、大道寺は冷ややかなまなざしでジロジロと見据えた。

「見事な化けっぷりだな、藤倉《ふじくら》史宣。こうして間近でとっくりと見ても、男とは思えない」

「どうも」

他にどう返事をすればいいのか思いつけず、史宣はそっけなく相槌《あいづち》を打った。

大道寺の頬が微《かす》かに引き攣《つ》り、元から不機嫌だった顔つきがさらに険しくなる。嫌われているのがあからさますぎて、いっそもっと怒らせてみたくなる。佑希哉とは親友同士だというが、性格はまるで違うように思える。

「それで、船旅はどうだった？　よく佑希哉を騙し通せたな」

「彼は紳士だから。本物の」

史宣は沈んだ声音でボソッと答え、伏し目がちにしていた視線を上げて大道寺の厳《いか》めしい顔を見た。

「帰ったらメールを送ると約束していた。それだけ打たせてもらってもいい？」

「だめだ」

間髪容《い》れずに突っぱねられて、史宣はカッとなった。

「あんたにそんなことを言う権利、ないだろ？」

聞いた自分が馬鹿だったと後悔する。

「あいつには今後いっさいかかわるな。会うことはもちろん、電話もメールもだめだ。代わりに俺が相応の金を払ってやる。佑希哉には内緒だ」

大道寺は矢継ぎ早に言い、傍らに置いていた封筒から厚手のファイルを取り出し、叩《たた》きつけるように座卓の上に投げ出した。

「おまえが今までしてきたことが、この報告書に事細かに書いてある。女装して男に近づき、脅して金を巻き上げる、わかっただけでも七件出てきたぞ。そのうち相手方から話が聞けたのは四件だけで、他の三人は世間体やら社会的地位やらを慮って認めなかったが、調べはついている。否定できるか?」

「しないけど」

もう史宣自身、何人騙したか正確には覚えていない。小さな強請《ゆすり》まで数えたら七人より少なくはなかったはずなので、大道寺の調査は概ね間違っていないだろう。

でも、と史宣は大道寺を負けずに睨《にら》み返し、強い口調で押し通す。

「あんたの話はちゃんと聞くし、今後二度と佑希哉さんには近づかないと約束する。だから、今、家に着いたと知らせるだけのメールは送らせて。でないと、あの人は気を揉《も》んで電話をかけてくる。それでもいいの?」

大道寺は史宣の腹を探るように疑り深そうな目で史宣を注視していたが、やがて小さく舌打ちすると、「勝手にしろ」とぶっきらぼうに言ってそっぽを向いた。

「佑希哉に心配をかけたくないと気遣う程度の良心はあるらしい」

皮肉を言いながらも、表情は心持ち緩んでいる。史宣の誠意を僅かでも認めたようだ。

史宣は古い機種の携帯電話を開き、『少し前に帰宅しました。おやすみなさい』とだけ打って、黙って大道寺に画面を見せた。

大道寺は虚を衝かれた様子だったが、チラリと視線を動かして文面を確かめ、むすっとしたまま頷く。

送信ボタンを押すとき、いよいよこれで最後だ、と史宣は胸が詰まりそうな気持ちになった。今夜大道寺が現れようが現れまいが、このメールを最後に佑希哉とはいっさい連絡を絶つことは決めていた。むしろ、大道寺が容赦のない態度で見張ってくれていて、決意が鈍らずにすんでよかったかもしれない。

送信完了のメッセージを見たとき、深い溜息が洩れた。

「どうやら、おまえももう潮時だと考えていたようだな」

大道寺の言葉に、史宣は「さぁ」とごまかした。大道寺の前ではつい意地を張ってしまう。それに引き替え、大道寺のほうは声音も態度も目に見えて和らいでいた。歳の差分、大道寺のほうが少しは大人の対応ができるようだ。

「だとしたら、あらためて俺が四の五の言う必要はないな?」

「たぶんね」

史宣は長い髪を掻き上げながら木で鼻を括ったような返事をする。我ながら無愛想で可愛げがないと思うが、大道寺に対してまで気を遣う精神的な余裕はなかった。そもそも、そんな義理もない。

「佑希哉とは結局キス止まりか」

「……なんでそれ知ってるの」

「おばさんの誕生会のとき、部屋に籠《こ》もって佑希哉にしなだれかかるおまえを見たからだ」

ああ、と思い当たり、史宣はしらっとして嫌味たっぷりな大道寺を睨んだ。べつにしなだれかかってはいない。嫌な脚色をする、と大道寺の意地悪さが不快だった。

「覗き見なんて悪趣味だ。あんたは見かけは立派で、たいした男前だけど、中身は下劣で品がない」

「はっ！　おまえに言われる筋合いはないな。毛ほどもないぞ！」

佑希哉とは一度も口論すらしなかったのに、大道寺とは口を開けば言い合いになる。史宣は負けず嫌いで意地っ張りの傾向があるが、大道寺も負けず劣らずだ。気に食わない、生意気だ、と思われているのがわかる。とてもではないが、友好的な会話はできそうになかった。

「とにかく、佑希哉が自制の利いた紳士でよかった。たぶんそんなことだろうとは予想していたが、おまえの美貌に惑わされて理性の箍《たが》が外れたら、さぞかしショックが大きくて立ち直れないんじゃないかと心配していた」

「あんたは佑希哉のことを弟みたいに心配するんだな。よっぽど彼が好きらしい」

「否定はしない。あいつを傷つけたり汚したりするやつは俺が許さない」

まるで愛の告白のようだと史宣は感じ、真剣な顔つきをした大道寺をまじまじと見つめた。

「そんなに大事な親友なら、いっそのことあんたが彼を恋人にすれば？　あんた、どっちもいけるクチでしょう？」

当て推量で言っただけだったが、どうやら間違っていなかったらしい。大道寺の顔が強張り、頬が引き攣るのが見て取れた。

「もっとも、彼はゲイではないと思うけれど」

「知っている」

大道寺は突《つ》っ慳貪《けんどん》に返事をし、忌々《いまいま》しげに座卓の上のファイルを史宣のほうに押しやった。

「中を見ろ」

有無を言わさぬ口調で命令され、渋々扉を開く。

ファイルの内側に白い封筒がテープで留めてあった。

「小切手だ。額面は二百万。それでどこかへ消えろ。そうすれば俺は誰にも何も言わない。だが、もし嫌だと言うなら、一昨年おまえがうっかり手を出しかけたヤクザまがいの男に、おまえの居場所を教える。うまく逃げたようだが、あいつはまだおまえを諦めてないみたいだぞ」

危ない男だとわかってすぐに手を引き、夜逃げ同然にアパートを引き払って今住んでいる場所に引っ越してきたことも、大道寺は承知しているようだ。自分でも顔から血の気が引いたのがわかった。

「あんたの言う通りにする」

史宣は硬い声で答え、封筒の中から一枚の紙切れを抜き取った。

額面には確かに二百万の数字が打ち抜かれている。

それを、史宣は躊躇《ためら》いもせず、破り捨てた。

「何をする!」

大道寺もさすがに予期していなかったのか、驚愕《きょうがく》して声を荒げた。

「いらない。あんたに借りは作りたくない。引っ越し費用くらい持っているから心配するな」

本音を言えば二百万は惜しい。喉から手が出るほど欲しかった。お金はあればあるほど安心できる。通帳の金額が増えると、史宣はそれだけで一晩中心を躍らせられるほど、お金が好きだ。だが、そんな史宣にも、譲れない矜持《きょうじ》はあった。

大道寺は史宣のそんな頑なさが思いがけなかったようだ。

穴が空くほど見据えられ、居心地の悪い思いをする。こんなカス同然の男にもプライドがあったのかと言わんばかりのまなざしをしている。

「……もう、いいかな。疲れているんだけど。船はすごく楽しかったよ。佑希哉さんにはいい思いばかりさせてもらった。それで今回はチャラにする。あんたみたいなおっかない親友が目を光らせていると、遅かれ早かれ正体暴かれると覚悟していたし」

「これに懲りて真面目に働こうという気はないのか」

「今だって、バイトはバイトでちゃんとしてるつもりだけど？」

「真面目に働く振りをして男を誑《たら》し込むのが目的のくせに」

鼻白み、ズケズケと言う大道寺に、史宣は「まぁね」と悪びれずに笑ってみせた。

「行くあてはあるのか」

最後の最後になって大道寺は意外にも史宣のこれからを気にかける。

そんなものあるわけがなかったが、大道寺にへたに干渉されたくなくて、「まぁね」と先ほどと同じ返事をした。

大道寺は史宣の返事を鵜呑《うの》みにした様子はなかったが、これ以上立ち入るべきではないとも思ったらしく、ふっと深い吐息を洩らし、「ならいい」と切り上げた。

立ち上がって玄関に向かう大道寺をドアまで見送る。

「靴べらは？」

「あいにく、ありません」

史宣は取り澄まして言い、大道寺が忌々しげにチッと舌打ちするのを笑った。

革靴を履くときには靴べらを使わないと気がすまない男がときどきいるが、大道寺もその一人らしい。

踵《かかと》に指を入れて靴を履く大道寺がなんとなく微笑ましくて、ついじっと見てしまった。

「もう二度と会うことはないと思うが、今度誰かを部屋に連れ込むときは、靴べらの一つくらい用意しておけ」

「なに、その言い方。あんたのそういう傲慢なところ、すごいむかつく」

「お互い様だ。俺もおまえが気に食わないから安心しろ」

大道寺はそう言い捨てると、横目で史宣を一瞥し、出て行った。

想像していたよりずっとあっさりした幕切れだった。

史宣は沓脱ぎに置き去りにされていたスーツケースに手をかけ、大道寺の足音が聞こえなくなるまで棒のように佇《たたず》んでいた。

4

佑希哉から『相談したいことがある』と電話があったとき、大道寺はすぐに史宣のことだなとピンときた。声が暗くて覇気がなく、憔悴《しょうすい》しているのが伝わってきて、話を聞く前から相談の内容は察しがついた。

佑希哉をこんなふうに消沈させている原因を作ったのは大道寺自身に違いない。それにもかかわらず、佑希哉は大道寺が何かしたのだとは露ほども疑わず、力になってくれると信じている。さすがに大道寺もバツが悪かった。

本来なら佑希哉に合わせる顔がないところだが、無下にすることもできず、とりあえず話を聞くから会おうということになった。何も知らない振りをしたほうがいいのか、それとも、史宣について調べたと正直に話すべきか、この段階ではまだ迷っていた。

一人暮らしをしている大道寺の部屋に、残業を終えた佑希哉が訪ねてきたのは、午後九時過ぎだった。

「最近忙しいのか?」

「師走が近いからね」

佑希哉は疲労の滲んだ顔をしていた。額に落ちかかる前髪を掻き上げ、ネクタイの結び目に指を入れて少し緩める。いつも一分の隙もなく身嗜みを整えている佑希哉がこんなふうにちょっと隙のある様子を見せるのは、ごく親しい間柄の人々の前でだけだ。大道寺はそれを見て、やはり佑希哉に嘘はつけないと思い、三日前の夜、史宣に会いに行ったことを隠さず話す決意をした。

「しのぶと連絡が取れなくなってしまった」

リビングのソファに崩れるように腰を下ろすなり、佑希哉は悲痛な声で言って両手で顔を覆った。心底参っているのがわかって、大道寺は胸が締めつけられる思いがした。長い付き合いだが、佑希哉がここまで落ち込んでいる姿を見るのは初めてだ。佑希哉にとって史宣がいかに特別で、大事な人間だったのか察せられる。

「何か飲むか。少し気付けになるものを飲んだほうがよくないか。なんなら今夜は泊まっていけ。明日、会社まで車で送ってやるから。そのほうがじっくり話もできるだろう」

「ああ、そうだね……。もらうよ、雅孝」

佑希哉は俯けていた顔を上げ、無理に微笑もうとする。

見るに耐えず、大道寺はサイドボードに仕舞ってあるブランデーのボトルを出し、グラスに三分の一ほど注いで佑希哉に渡す。佑希哉は香りも愉しまずにグラスを傾け、中身を一気に半分呷《あお》った。こんな飲み方は全然佑希哉らしくなかった。

ブランデーを飲んで少し気を取り戻したのか、佑希哉はふうっと深い溜息をついた。

傍らの安楽椅子に座った大道寺を見て「ごめん。醜態晒して」と謝る。

大道寺は神妙な顔つきで首を横に振る。

「たぶん俺のせいだ」

「……やっぱり何か知っているのか？」

佑希哉も薄々、史宣が突然連絡を絶って行方をくらましたことに大道寺が関係しているのではないかと考えてはいたらしい。おっとりとした見かけによらず洞察力があって鋭い男だ。それでも、何も聞かずに大道寺を責めようとはせず、あくまでも冷静に向き合うところに、佑希哉の大道寺に対する信頼が表れていた。

「調べたんだ。おまえに無断で悪いとは思ったが、どうしても気になって」

大道寺は単刀直入に言い、「ちょっと待っていてくれ。すぐ戻る」と断って、書斎から史宣に関する調査結果を纏《まと》めたファイルを取ってきた。あの晩、史宣に叩きつけたものだ。これは持って帰ってくれ、と史宣に突き返された。おそらく、佑希哉に見せたいなら見せろ、という意思表示だったのだろう。

佑希哉は目の前に置かれたファイルをじっと見つめるだけで、手に取って開こうとはしなかった。何が書いてあるのか知るのが怖くて躊躇っているわけではなく、こんなものを見せられなくても大道寺の言葉を信じるから、直に話を聞かせてほしいと言われているようだった。

「きみならそうするかもしれないとは思っていた」

怒るではなく、恨んでいる様子もなく、佑希哉は落ち着き払った口調で言う。ここに来たときの様子からして、そうすんなり冷静さを取り戻せたとは思えないが、少なくとも表面上はもう取り乱していなかった。たいした自制心だと舌を巻く。佑希哉というのはこういう男だ。柔和で与《くみ》しやすそうに見えて、こうと決めたら諦めない不屈の精神がある。そんなふうに一本芯が通っているからこそ、親の七光りとは関係なく一流企業で迅速に出世しているし、周囲からも一目置かれているのだ。

「どんな不都合な事実が出てきた？　前科でもあったか？」

すでに佑希哉は最悪のケースも想定しているようだ。だが、失望した様子は見せない。佑希哉自身には被害に遭った自覚はなく、実際まだ史宣は金銭を騙し取る前だったはずなので、過去は関係ないと思いたい気持ちはわかる。

「逮捕歴はないが、結婚詐欺まがいのことを過去に幾度もやっている。わかっているだけで七件。うち一件は相手がヤクザと関係のある男だと知ってすぐ逃げたようだが、それでも五十万は貢がせている。ターゲットは妻子持ちのエリートが多い。もしくは、金はあるが結婚に縁のなかった中年男性だ。いずれも骨抜きにさせて金品を貢がせ、三ヵ月から半年程度で連絡を絶つという手だ。訳ありの男しか選ばないから警察沙汰にされることもない。住んでいる場所は教えない、携帯の番号は使い捨て。そして性交はさせない」

最後の一言を、大道寺は含みを持たせた言い方をし、佑希哉の注意を引きつけた。

佑希哉は眉根を寄せ、何が言いたいのかと探るようなまなざしで大道寺を見る。

「確かにきみの言うとおりだ。何度送らせてくれと言っても、しのぶは住んでいる場所を見られるのは恥ずかしいからと遠慮した。携帯電話は旅行から帰った翌日から電源が切られっぱなしで、昨日またかけてみたら使われていない番号だというアナウンスが流れた。解約したか、番号を変えたかしたんだろう。それに……しのぶとはキス以上のことはまだしなかった。緊張して身構えているのがわかったから僕が自制したんだ。ひょっとしたら、まだ誰ともしたことがないのかもしれない。それなら、しのぶがその気になるまで待てばいい。ゆっくり関係を深めていけばいいと思って」

「ああ、案外、そうかもしれないな」

大道寺も史宣が未経験の可能性があることは否定しなかった。

「あのな、佑希哉」

できるだけ佑希哉の驚きを最小限にとどめさせたくて、大道寺は慎重に切り出した。佑希哉の目をじっと見据え、これから自分が何を言っても覚悟してくれという気持ちをまなざしに込める。大学を出てからは少し距離を置いた付き合いになってしまっていたが、それまでずっと兄弟以上に親密な関係でいた二人だ。大道寺の目を見れば、佑希哉もこれはただ事ではないと感じるはずだった。

佑希哉の表情が引き締まる。

それを見て取ってから、大道寺はあえて感情を排した声音で史宣の秘密を告げた。

「藤倉史宣は男だ」

「……え……?」

おそらく佑希哉が想像していたどんな事情とも違っていたであろう大道寺の発言に、佑希哉は言葉の意味が理解できなかったのか、困惑した表情をする。虚を衝かれすぎて、驚きさえ引っ込んでしまったかのようだ。きょとんとした顔つきで、大道寺を見る。

「それは、聞いたとおりの意味に受け取ればいいのかな……?」

半信半疑というより、自分の言っていることがおかしいのではないかと自信なさげで、念のため確かめているふうだった。

「俺も最初は驚いた」

大道寺の言葉に佑希哉は目を見開く。いよいよ逃げ場をなくした心境になったのが見て取れた。単に「そうだ」と肯定されるより現実味があって、言葉を重く受けとめたようだ。

「……信じられない」

ポツリと洩らされた言葉とは裏腹に、佑希哉が信じざるを得なくなったことが大道寺には察せられた。

「何度も抱き締めたのに、全然わからなかった」

佑希哉は両腕を胸の高さに上げ、広げた手のひらを凝視する。

「過去にもそれで何人も誑かしてきたんだ。今までの被害者たちも口を揃えて知らなかったと言っていた。人間、思い込みが強いと多少違和感があっても脳内で自己修正するものだ。気のせいだろうとか、勘違いだったんだろう、とな。あれだけ綺麗で、物腰も女性らしければ、本当は男なんじゃないかと疑う人間はまずいない」

「雅孝。僕は男に惚れたのか」

それが一番意外なことであるかのように佑希哉は大道寺に意見を求める。

「そうは思わないが」

佑希哉はゲイではないと大道寺は思っている。大道寺はバイで、正直、高校生の頃、佑希哉にほのかな恋情を抱いた時期があった。そのとき、佑希哉にはきっと大道寺の気持ちは受け入れられないと肌で感じて、友情を貫く決意をしたのだ。

「史宣を好きになったのは事故だ」

大道寺はきっぱりと断じた。

「男だとわかったからには、史宣に対する感じ方も変わっただろう。すぐには気持ちの整理がつかないかもしれないが、そのうち忘れられる。あいつはおまえを騙していたんだ。最初から金目当てで近づいたんだぞ」

「いや。いや、それは違うよ、雅孝」

そこだけは譲れないというように佑希哉は首を振る。佑希哉の目には、何かを決意したときに見せる強い輝きが戻っていて、大道寺は嫌な予感を覚えた。

「しのぶは自分から僕に近づきはしなかったし、気のある素振りも見せなかった。僕が最初一方的に好きになって、ストーカーみたいにしつこく店に通って交際を申し込んだんだ。沼崎家の人間だとちゃんと話したときには本気で引いていたし、何かを買ってとねだられたこともない。もちろん、現金も渡してない。パーティードレスとクルーズの際の衣装は僕から新調するよう勧めたんだ。しのぶが過去に誰かを騙したのは、きみが調べた以上、事実だとして受けとめるけれど、僕に対しては不実ではなかった。それは僕が一番よく知っている」

「だが、あいつのほうには罪の意識があったぞ。俺が調書を突きつけるのがもっと遅ければ、なんらかの被害に遭っていた可能性が高い。本人も認めたからこそ、俺がアパートまで行って全部ばれていると言ったとき、すんなりおまえの前から消えると約束したんだ」

「じゃあ、しのぶはきみからお金を受け取ったか？」

鋭く切り込まれ、大道寺はぐっと詰まった。

「きみのことだ。僕と別れさせるために小切手くらい用意したんだろう」

佑希哉は大道寺をよくわかっている。あのときの遣り取りを見てきたように言われ、ぐうの音も出なかった。

「受け取らなかった」

仕方なく大道寺は認めた。

「いくら渡そうとした？　百万？　それとも二百万？　いずれにしても受け取らなかったのなら、僕はやっぱりしのぶに騙されたとは思えない」

「結果としてはそうなったが、あいつにまったく下心がなかったわけではないことは確かだ。あいつはただ、おまえが大きな家の御曹司すぎて慎重になっていただけだ。あと二ヵ月付き合っていたら、二百万どころではすまない額をおまえからせしめていたと思うぞ」

「……お金でしのぶが引き留められるなら、僕はそれでかまわなかった」

「佑希哉！」

嫌な予感が的中したと悟って、大道寺は思わず叫んでいた。

「まさか、おまえ、まだあいつのことが好きだと言うんじゃあるまいな！」

「雅孝」

声を荒げる大道寺とは反対に、佑希哉は落ち着き払い、静謐《せいひつ》な湖のように澄み切って迷いのない目で大道寺をひたと見据えてきた。

「このままでは僕は納得できない。しのぶ……史宣がどういうつもりで僕の前から消えたのか、本人の口から聞きたいんだ。僕にとっては人生で最高の幸せを感じた船旅だった。でも、今にして思えば、空港で別れるとき、少し様子が違っていた気がする。どうしても電車で帰るといってきかなかった態度がいつにもまして頑なで、僕は史宣がエスカレータに乗って見えなくなるまで背中から目を離せなかった。あのとき、やっぱり追いかけていればよかった」

「あいつがおまえの前から消えたのは、俺があいつの正体を暴いたからだ。本人に聞くまでもない」

「いや。僕はそうは思わない。そのためにあの晩を最後に僕と連絡を取らなくなったのは確かだが、遅かれ早かれ史宣は僕から離れて姿を消すつもりだった気がする。きみはそれを急がせただけなんだ」

「いい加減にしろ！」

「捜してくれ」

佑希哉の諦めの悪さと懲りなさが予想外すぎて感情的になった大道寺の声と、冷静で揺るぎのない佑希哉の声が重なる。

「馬鹿なことを言うな」

大道寺は呆《あき》れ、間髪容れずに突っぱねた。

「俺は絶対に御免だ」

「ならいい。他の探偵事務所に依頼する」

「おい！」

一度決めたら佑希哉は梃子《てこ》でも動かない一面を持っている。

今もまさに佑希哉はそういうとき見せる目をしていた。

大道寺は「ああっ、もう！」と癇癪《かんしゃく》を起こしたように叫ぶと、佑希哉が残したままにしていたブランデーを一気に呷った。

「捜せばいいんだろう。捜してやるよ、藤倉史宣を」

「ありがとう。恩に着る」

佑希哉は膝《ひざ》を揃《そろ》えてきっちりと頭を下げた。

「調査費用はきちんと請求してくれ。これはビジネスだ。そう思えばきみも楽だろう」

「ああ。そうさせてもらう。俺は仕事だから選り好みせずに受けるんだ。個人的にはあいつを絶対に許さない」

ギリッと歯を嚙み締めて、大道寺は苦々しげに言う。

佑希哉をここまで虜にしている史宣が恨めしい。それと同時に、自分もまた史宣があれからどうしたのか、今どこで何をしているのか、つい考えてしまうことを認めざるを得なかった。

「おまえの言うとおり、あいつは俺がこの資料を叩きつけたとき、すでに覚悟はつけていたようだ。おまえがあまりにも本気だから、あいつのほうも情を移しかけていたんだろう。引っ越し先も旅行前から目処《めど》をつけていたとしか思えない。店にも、もしかしたら近々辞めることになるかもしれないと言っていたそうだ。本当に、あっというまに姿を消してしまって、正直驚いている」

「どうやらきみも少しは史宣のことを気にかけていたようだな」

佑希哉に言われて大道寺はドキリとした。

「べつに……。ただ、小切手を破り捨てられたのは意外で、すっきりしなかったのは確かだ」

「それを聞いて僕はひょっとしたらと自惚《うぬぼ》れている」

「どういう意味だ」

大道寺は眉を顰め、佑希哉のふわりと微笑んだ顔を訝《いぶか》しげに見た。

「僕が諦めなければまだチャンスはあるのかもしれない」

「だから、それはどういう意味だ。何度も言うが、あいつは男だぞ」

「わかっている。でも、僕にとってはもうそれはたいした問題じゃなく思えてきたんだ」

佑希哉からはいささかの迷いも感じられなかった。

大道寺は頭を抱えたくなった。

「男でもいいってことか。だが、おじさんたちにはどう説明するつもりだ。いくら心の広い人たちでも、さすがに史宣が男だとわかれば許さないと思うぞ」

「その前に史宣を見つけて話をするのが先だ。いざとなったら僕も腹を括る」

佑希哉の決意は固そうだった。大道寺が何を言っても翻意しそうにない。

「見つけたら、連絡する」

仕方なく約束し、やはり今夜は自宅に帰ると言う佑希哉を、沼崎邸まで車で送っていった。

「どのくらいでわかる?」

門の前で車を降りるとき佑希哉に聞かれ、大道寺は運転席の窓越しに腕を伸ばして佑希哉の頬を撫《な》で、「焦るな」とだけ言った。

大道寺の勘では、史宣は都内から出ていないのではないかという気がしている。

たいした家具もなく殺風景の一言だったアパートの部屋を思い出す。あれはおそらく、いつでも逃げられるように必要最低限の物しか持たないようにしているのだろう。今までの行動を見ると、一つの場所に一年いるかどうかで仕事も転々としているので、友達もいなそうだ。そうなるとお金を拠《よりどころ》にするのはわからなくはない。

気は進まなかったが、仕事として受けた以上、手を尽くさなければいけない。

前回と同じ調査員に史宣の現在の居場所を捜すよう指示し、報告を待った。

史宣はよほど注意深く行動したらしく、凄腕の調査員にかかっても転居先を突き止めるのに一週間要した。

捜し当ててみれば、史宣は以前住んでいたアパートの最寄り駅から二駅しか離れていない場所に新しい部屋を借りていた。築三十年は経《た》っていそうな古い四階建てのコーポだ。夕方から夜中の二時まで営業している駅前の居酒屋で配膳のアルバイトをしているのもわかった。しばらくはおとなしくしているつもりなのか、女装はしていない。仕事はシフト制で、早番のときは午後四時から十時まで、遅番のときは午後八時からラストまでとのことだ。遅くとも午前三時には帰宅し、昼間は家にいるらしい。

迷った末、大道寺は佑希哉に史宣の居場所がわかったと報告する前に、史宣と会うことにした。佑希哉の前から消えろと史宣に言って、引っ越しと転職までさせたのは他ならぬ大道寺自身だ。史宣に佑希哉が会いたがっていると伝え、史宣の意向を聞きたかった。

心の奥底で、史宣が佑希哉には会わないと言うのを期待していたのかもしれない。大道寺が佑希哉と史宣を会わせたくない一番の理由は、佑希哉の一途で真摯《しんし》な気持ちが暴走するかもしれないと慮ったからだが、実を言うと嫉妬心もあった。その嫉妬が、史宣に対してなのか、はたまた佑希哉に対してなのかは大道寺自身定かでなく、複雑な思いが胸中でざわめいていた。

午後一時頃、大道寺は史宣の部屋の玄関ドア前に立ち、インターホンを鳴らした。

室内から人のいる気配がしていたので、留守ではないようだ。

ドアスコープからこちらの様子を窺って、訪ねてきたのが大道寺だと知って開けるかどうするか迷ったのだろう。かなり待たされた挙げ句、ようやくドアが薄く開かれた。

「今さら何の用?」

当然史宣はそっけなかった。迷惑がっているのを隠そうともせず、不機嫌な顔を隙間から覗かせる。

素顔の史宣と相対するのは初めてだ。女装をしているときに負けず劣らず綺麗で、どちらかといえば大道寺はむしろ男の姿のままの史宣により強く色香を感じた。ちょっと気怠げで、愛想笑いの一つも見せず、無造作に伸ばした髪や洒落《しゃれ》っ気のない白シャツにジーンズといった出で立ちをしていても品があり、目を引かれる。

「二度と会うつもりはなかったが、佑希哉のことで話があって来た」

大道寺が佑希哉の名を出すと、史宣はピクッと頬を引き攣らせ、長い睫毛《まつげ》を伏せた。

「ちょっと待って」

冷たい風が吹きさらす廊下で話すような内容ではないと思ったのか、史宣はいったんドアを閉め、チェーンを外して大道寺を中に入らせた。

申し訳程度の広さの沓脱ぎがあり、短い廊下の先に部屋がある。

「今日はここでいい。話はすぐにすむ」

史宣は軽く頷き、続きを促すようなまなざしをくれる。

「佑希哉さんが何？　あんた、あの人に全部話したんじゃないの？」

誰にも言わないという大道寺の言葉を、史宣は信じていなかったようだ。わかっていたと言わんばかりに嫌味っぽい顔をする。史宣のすかした顔が癪に障ってならなかったが、明らかに分が悪くて言い返せなかった。

腹立たしさを抑え、気を取り直す。

「言い訳させてもらえば、佑希哉があんなに気落ちしていなければ、俺だっておまえと会ったことを話すつもりはなかった」

「……佑希哉さん、傷ついている？　いるよね、きっと」

ずいぶんしおらしいじゃないか、と喉まで出かけたが、史宣の表情に翳《かげ》りが見えたため、そのまま呑み込んだ。佑希哉に何も告げずに姿をくらましたことを、史宣も後悔しているのかもしれない。それと同時に、いや、やはり黙って去るのが正解だったのだ、と自分自身に言い聞かせているようにも思えた。

「おまえが男だとばらした。過去にしてきたことも教えた。そうすれば佑希哉はおまえに幻滅し、会いたいなんて気を二度と起こさなくなるんじゃないかと考えたんだ。傷つきはするだろうが、現実を見せたほうがいいと思ってな」

「そう。それでよかったんじゃない。僕にはもう関係ない人だし」

史宣の声音は淡々としていてそっけなかったが、大道寺には史宣が無理をしているのが伝わってきた。口では関係ないと言いながら、史宣自身まだ少しも割り切れていないようだ。

「おまえの居場所を捜してくれと俺に頼んだのは佑希哉だ」

史宣に黙っているわけにはいかない気持ちになって、大道寺は苦虫を噛みつぶしたような顔になって言う。

「おまえが男でもいいそうだ」

「えっ？」

これにはさすがの史宣も驚いたようだ。黒い目を大きく見開き、まじまじと大道寺の顔を見る。そんなふうに見られても大道寺は何も答えられない。佑希哉の意思を伝えるだけだ。

「佑希哉は会いたいと言っている」

「僕は会わない」

前からそれだけは決意していたような迷いのなさで史宣はすぐに拒絶する。

「もう会わないほうがいい。あんただってそう思っているはずだ」

「ああ。だが、調査報告はしなければいけない。本来なら、佑希哉におまえがここに住んでいることを知らせる前に、俺がおまえと勝手に接触するなどあってはならない違反行為だ。佑希哉もいい顔はしないだろう。いちおう佑希哉には、おまえが会いたくないと言っていたことは伝えるが、佑希哉がどうするかはわからない。会うなと止める権利は俺にはない。悪いが、このことは心に留めておいてくれ」

史宣はしばらく思案していたが、やがてふっと溜息をついた。

「佑希哉さんが僕を捜すかもしれないとは思っていた。あの人はとても情の深い人だから。あんたの立場もわかるから、この件であんたに文句を言っても仕方ない。佑希哉さんが来たら会うしかないと思うけど、そう心配することはないよ。僕はもう女装していないし、実際に僕が男だとわかれば、佑希哉さんも、男でもいいなんて思ったのは気の迷いだったとわかるよ」

「俺もそう願っている」

大道寺も心の底から同意した。

あらためて史宣の綺麗な顔を見つめる。

「……なに？」

史宣は嫌そうに一歩後ずさる。大道寺にじっと見据えられて迷惑がっているのがわかったが、ほんのり桜色に染まった頬は怒っているというより恥ずかしがっている感じだった。

今までたくさんの男を手玉に取ってきたのは事実だし、いくら相手が人として上等とは言いがたい連中だったとしても史宣のしたことを擁護するつもりは毛頭ないが、少なくとも佑希哉に対しては史宣なりに誠実であろうとしているようだ。史宣も佑希哉のことがまんざらでもないのだろう。だから、騙すに忍びなくなって別れたのだ。そんなふうに思えてきた。

「いや。なんでもない」

本当はもっと何か史宣に言いたいことがある気がしたが、うまく言葉にならなかった。

史宣は、ホッとしたような、拍子抜けしたような顔で俯く。ついでのように髪をぐしゃっと掻き上げた白く細い指から、大道寺は視線を逸らせなくなった。

「……もう、いい？」

そう聞いてきながら、気のせいか史宣も大道寺を帰らせるのを惜しんでいるように感じる。

引っ越しをして、職場を変えて、また一からやり直すことになった史宣の心境を推察し、一人で平気な振りをしているが本音はやはり寂しいのだろうか、と大道寺は思った。

史宣を知れば知るほど情が湧く。

これではミイラ取りがミイラになりかねない。

「急に訪ねてきて驚かせて悪かった。じゃあな」

大道寺は、史宣ともっと一緒にいてもいいと、一瞬でも思った己の気持ちを封じ込め、史宣の部屋を後にした。

＊

「いらっしゃいませーっ。六番テーブルにお一人様ご案内です！」

威勢のいい女性店員の声が店内に響く。

駅前に立つビルの三階で営業している全国チェーンの居酒屋には、一人でふらりと立ち寄る客も少なくない。

六番テーブルに着いた客を何の気なしに見た史宣は、近いうちこんなことになるのではないかとあらかじめ覚悟していたにもかかわらず、心臓が飛び出しそうなほど動揺した。

「史宣！　六番のお客さん、おまえに用があるって」

お絞りとメニューを渡しに行った店員が、厨房の近くにいた史宣に声をかけにくる。

「……あ、はい」

史宣は腹を括り、作務衣《さむえ》姿で佑希哉のいるテーブルに近づいていった。

通路に出た途端、こちらを見ている佑希哉と目が合う。

二週間ぶりだ。ただでさえ動悸《どうき》が鎮まらないのにさらに胸が疼《うず》き、体が緊張で汗ばむ。

佑希哉は今夜も端正なスーツ姿だ。白地に薄いグレーの細いストライプが入ったシャツに、ネイビー系のレジメンタルタイが清潔感を醸し出す。堅実で有能なエリートサラリーマンといった雰囲気だった。

佑希哉の傍に行っても、史宣はなんと挨拶すればいいのかわからず、激しく悩んだ。佑希哉と本来の姿で会うのは初めてだ。女装しているときの自分しか知らない佑希哉に男の格好をした自分を見せるのは勇気のいることだった。幻滅するだろうし、なぜこんな男とキスなどしたのかと自己嫌悪に陥りもするだろう。それで史宣とはもう二度と関わりたくないと思ってくれるなら、そのほうがお互いのためなので、みっともない姿を晒すのもやぶさかではないのだが、頭では割り切れても感情的に耐えがたい。結局、佑希哉を本気で好きになっていたのだと認めさせられた気分だ。

「あの……」

テーブルの前に立ち、椅子に座った佑希哉と向き合うなり、史宣は棒のように硬くなって立ち尽くしたきり、ろくに言葉も出せなかった。

合わせる顔がない。面目ない。

いくら大道寺から、佑希哉が会いたがっている、男でもかまわないと言っている、と聞かされようと、不義理をした身としては会うのは辛く、恥ずかしかった。もっと厚顔無恥なつもりでいたが、自分で思っている以上に罪の意識はあったらしい。

いつ佑希哉が現れるか予測しようがなかった史宣に比べ、佑希哉のほうは落ち着いていた。

「こんばんは」

変わらない優しい声、穏やかな笑みを湛えた顔で、佑希哉が史宣に話しかけてくる。

史宣の顔色を窺いつつ、面映ゆそうに目を眇《すが》め、遠慮がちに口を開く様子から、佑希哉も多少なりと緊張しているのが感じ取れる。

「久しぶりだね。元気にしてた？」

「え、ああ……まぁ、はい」

史宣はぎくしゃくとした返事をする。

なんとも奇妙な感覚だった。

佑希哉は史宣が一方的に音信を絶ち、前の店を辞め、行方をくらましたことを、なかったかのように振る舞う。女だと信じて疑っていなかったはずの史宣が男だとわかっても、驚いた顔一つしない。いっそ開口一番に恨み言を並べ立て、責められたほうが気が楽だった。謝るにしろ開き直るにしろ、対応の仕方をいくらでも考えることができる。しかし、佑希哉は会えて嬉しいという表情はしても、史宣のしたことで文句を言うつもりはまるでないようなのだ。佑希哉の懐の深さに甘え、史宣まで素知らぬ顔をし通していいものか悩む。

「今日は何時に上がれるの？」

「……十時、です」

「まだあと三時間くらいあるね。それまで適当に時間を潰して外で待っている。きみとどうしてももう一度話がしたい。一時間でいいから付き合ってくれないか」

だめだと断っても佑希哉は食い下がってくるだろう。今夜が無理なら、また出直すと言うに違いない。史宣も、もう逃げられない、もう一度向き合ってきちんとケリをつけるしかないと覚悟はしていた。

「はい」

「今度は……」

言いかけて、佑希哉は途中でやめ、「いや、いい」と首を横に振る。

おそらく、今度は黙って消えないでくれ、逃げないでくれ、と釘を刺しておきたかったのだろう。だが、言わないのだ。史宣に少しでも肩身の狭い思いをさせまいと気遣ったのか。こんな目に遭わされてもなお史宣を信じようとする。たまらなく己が恥ずかしかった。

もう、佑希哉を裏切り、傷つけるようなまねは二度としたくない。

「隣のビルの一階に十一時まで開けているコーヒーショップがあるので、よかったらそこにいてくれますか」

おずおずとした口調で他人行儀に言う。

女装していたときの言葉遣いをそのまますするわけにもいかず、史宣は佑希哉に普通に話しかけるのも変な感じがしてスムーズにできなかった。ターゲットにして付き合っていた相手に、仮の姿と本当の自分の両方を見せることなど当然なかったので戸惑う。女の振りをして甘え、しなだれかかっていた相手に、男として接するのはなんとも気まずかった。佑希哉にどう思われているのか想像すると居たたまれない。

史宣のそうしたぎこちなさに対しても佑希哉は鷹揚な構えを見せた。無理に距離を詰めず、また一からやり直すつもりのようだ。

「わかった。きみが来るまでそこで待っている」

「……携帯の番号、いちおう教えておきましょうか」

佑希哉の信頼に史宣も何か応えたくて、躊躇いを払いのけて自分から申し出る。ここでまた佑希哉と繋《つな》がりを持っていいものか悩んだが、少しでも誠意を見せずにはいられなかった。

「よければ、ぜひ」

佑希哉の表情が晴れる。本当に嬉しそうだった。

史宣が口頭で言った番号を、その場でスマートフォンに入力する。

ああ、またしても絆《ほだ》されてしまった、と史宣は後悔半分に思ったが、情には逆らえなかった。佑希哉の喜ぶ顔を見ると史宣まで嬉しくなる。付き合っている間にしてもらったあれこれや、注いでもらった愛情の一つ一つが頭に浮かび、少しでも報いたくなる。

佑希哉は居酒屋でちょっとしたものをいくつか頼み、小一時間で引き揚げていった。お酒はビールを一杯飲んだだけだ。

佑希哉を待たせていると思うと、史宣は働いている間中そわそわした。待たせて悪いという気持ちもあるが、それ以上に、あらためて向き合ったときのことを想像し、最後まできちんとした態度を貫けるだろうかと不安になる。どこまで事情を話すべきか、大道寺から史宣のことをどう聞いているのか、いろいろ考えて心が乱れる。

予定通り十時に上がれたときにはホッとした。

たまに、店が混雑していて「悪い、もう少しいてくれるか」と頼まれるときがある。今夜も週末で八時を過ぎたあたりから徐々に客足が増えてきたので、延長してくれと言われるかもしれないとヒヤヒヤしたが、幸い言われずにすんだ。

セーターとジーンズの私服に着替え、ダッフルコートを羽織る。

外は寒かった。歩道の端にある花壇には電飾が施されていて、クリスマスムードを高めている。クリスマス自体には特に思い出はないが、年末はなぜかもの悲しい気分になるので、今の時分はあまり好きではなかった。恋人同士や家族単位で行動する人々を意識して、孤独が身に染みるせいだろうか。

佑希哉は窓際の席に座って史宣を待っていた。

「……本当に待っていてくれたんだ」

佑希哉がいることを史宣は一片も疑っていなかったが、再び佑希哉の前に立ったとき、他に言葉が見つからなくて、そんなふうに言っていた。

「来てくれるまで待つと言っただろう」

佑希哉は史宣に熱の籠もったまなざしを向け、真剣そのものといった態度を見せる。

「場所、変える?」

店では客と従業員という立場もあってうまく話せなかったが、私服になって向き合うとだいぶ気が楽になった。言葉遣いも自然にざっくばらんになり、付き合っていた頃の距離感が徐々に戻ってくる。

「バーかどこかなら遅くまで開いていると思うけど」

「きみの部屋はここから歩いて十分くらい？」

「そう、だけど」

史宣は佑希哉を部屋に上げるのは気が進まなかった。暮らしぶりを見られるのは、自分自身を裸にするようで恥ずかしい。

「ゆっくり話がしたいんだ。できればアルコール抜きで」

「……わかった」

仕方なく史宣は承知した。今さら隠すことなどないと言えばなかったし、これが本当の最後になるのだと思えば、部屋に上げるくらい些末な譲歩だと考え直した。

コーヒーショップを出て、佑希哉と並んで夜道を歩く。

肩を並べて歩いていると否応もなく付き合っていた短い期間を思い出し、感慨深かった。

「ごめん。いろいろ」

黙りこくったままでいるのが気詰まりになってきて、史宣から話しかけた。佑希哉と会ったら、なにより先に謝罪しなければいけないと思っていたにもかかわらず、言い出すタイミングが摑《つか》めずにここまで引っ張ってしまった。

「あのとき、手紙を受け取らずに断るべきだった」

「僕はそうは思っていない」

佑希哉は迷うことなくきっぱりと言う。

「きみと付き合えてよかった。僕は一度もきみにがっかりすることがなかったし、いろいろな場所で一緒にいられて本当に楽しかった。きみが僕の恋人で誇らしいとも思った。僕はどんな不利益も被っていないから、きみがどういう心積もりでいたにせよ、少なくとも僕に対して謝る必要はないよ」

「僕が詐欺師だったとしても？」

「僕自身は何もされていないし、そうする前にきみが僕の前から去るつもりだったことも疑ってない。だから、この話はもうしなくていいんじゃないかな」

本気でそう思っているのがしっかりとした語調から伝わってくる。

史宣はすっと息を吸い、それよりさらに重要な問題に触れた。

「それよりもっと一番大切なことで僕は佑希哉さんを騙していた」

「きみが本当は男だってこと？」

史宣は顔を伏せ、少し先の地面に視線を落としたまま「そう」と肯定する。

「べつに、それはそれほど重要なことではない気がする」

「どうして？」

むしろ史宣が佑希哉に謝らなくてはいけないのは、女と偽って付き合っていたことだ。それ以外では確かにまだ不実なまねはしていなかった。する前に別れる決意をしていたし、大道寺に行く手を遮られ、決意を鈍らせる間もなく関係を清算したつもりだった。だが、親族一同にまで紹介するほど真剣な交際を望んでいた佑希哉にあり得ない期待を抱かせ、裏切ったのは事実だ。それが重要な問題でないはずはないだろう。

「自分でも意外なんだが、きみが本当は男だったと知っても、そんなにショックじゃなかった。ああそうだったのかと至極冷静に受けとめられて、それを理由にきみが僕から離れようとしたのなら、僕にはまだチャンスがあると思った」

「え……だって、佑希哉さんは僕を女だと信じて好きになってくれたわけでしょう」

史宣は佑希哉の気持ちの強さに戸惑いすら覚える。ありがたいが、自分にはそこまで想ってもらう価値はないと腰が引ける。佑希哉に求められれば求められるほど、熱が冷めて我に返ったとき、がっかりされるのが怖くなる。冷静に見えても、佑希哉は今、気持ちを昂《たかぶ》らせているのかもしれない。

佑希哉を一時の気の迷いから覚めさせるべく、史宣は言葉を重ねた。

「男の僕をどうこうしたいと思う?」

佑希哉はすぐには返事をしなかった。含みのある笑みが佑希哉の口元に薄く浮かんでいる。

躊躇ったというより、どんな言葉で自分の気持ちを表現すればいいのか迷っただけというふうに感じられた。

すぐ先に史宣が住んでいる建物が見えていた。

話の続きは部屋でするほうがいいだろう。

「どうぞ。なんのお構いもできないけど」

佑希哉は靴をきちんと揃えて上がると、不作法にならない程度に室内を軽く見回した。

「雅孝もここに来ただろう?」

「来たけど、玄関先で立ち話をしただけだよ。気になる?」

史宣が冗談のつもりで言い添えたよけいな一言を、佑希哉は真面目に受けとめる。

「ちょっとね」

にこりともせずに返す。

「……雅孝も、きみのことが好きなんじゃないかな」

「まさか」

思いもよらないことを言い出す佑希哉に、史宣は冗談がすぎると笑った。大道寺には胡散《うさん》くさがられ、煙たがられこそすれ、好かれているはずがない。

「雅孝は昔から気になる相手には辛辣《しんらつ》で、きつく当たる癖があるんだ。きみのことを話題にするときの雅孝を見ていると、まさにそれだ。……雅孝はバイみたいだし」

気づいていたのか、と史宣は佑希哉の観察眼の鋭さにこっそり驚いた。大道寺も、佑希哉に察せられていると知ったら、さぞかし狼狽《うろた》えるのではないか。大道寺はおそらく佑希哉が好きなのだ。史宣など眼中にない。史宣のことが気になるのは佑希哉が史宣に惚れているからであって、史宣に対する態度が悪いのは嫉妬心からだろう。

「コーヒー、飲む？　インスタントしかないけど」

「いや、いいよ。さっきの店で三杯飲んだから。それより、きみも座って」

佑希哉に促され、史宣もコタツに足を入れた。佑希哉とは角を挟んで隣り合わせに座る。

「もう一度、付き合ってほしい」

佑希哉は回りくどい話などしている暇はないといわんばかりの性急さで、再び交際してくれと求めてくる。

直截《ちょくさい》すぎて史宣はたじろぐ。

「いや……あの。だから、僕は……」

「男でもいい」

佑希哉の言葉には一片の迷いも躊躇いもなかった。

その熱意と真摯さに引きずられ、そこまで言うのならとうっかり承諾しそうになるのを、史宣は理性を総動員させて防いだ。

「……男、抱ける？　それとも、プラトニックでいいってこと？」

さっきは返事を聞けなかったが、今度は佑希哉もうやむやにしなかった。

「抱けそうな気がする」

「嘘。信じない」

「だったら試してみる？」

「え？」

展開が早すぎて頭がついていかない。

佑希哉は史宣を見つめたまま僅かも視線を逸らさない。

熱い視線に、史宣は次第にどうしていいかわからなくなってきた。脳髄が痺《しび》れるような感覚に見舞われ、じっとまなざしを注がれるきまりの悪さを忘れる。心臓が鼓動を速め、体の芯が疼きだす。このまま流れに身を任せ、なるようになってみたい気持ちになった。

佑希哉に顔を向けたままそっと目を閉じる。

計算は何もなかった。佑希哉を誘ったつもりもない。ただ、次に佑希哉がどんなふうにしてきても、受け入れようとは思っていた。

目を瞑《つむ》った史宣を驚かせないようにという心遣いか、佑希哉は史宣に体を近づけると、まず手を握ってきた。ほっとする温もりに包まれ、緊張が緩む。手を繋いだだけで史宣の心と体は昂揚し、歓喜に震えた。こうしてもう一度触ってほしかったのだと思い知る。身を寄せているだけで佑希哉の体温を感じ、お互いの心臓の音が聞こえてきそうな気がした。

頬を手のひらで優しく撫でられる。耳にも指で触れられた。

コツンと額と額を合わせ、息がかかるほどの距離から囁《ささや》かれる。

「僕の気持ちは変わってない」

佑希哉の愛情深さと誠実さが胸に響く。

「もったいないよ……僕なんかに。もっといい人、いくらでもいるはずだ」

「きみがいい。きみとでなければこんな気持ちにならない」

顎に指をかけて擡《もた》げられる。

柔らかな唇が史宣の唇を塞ぎ、吸ってきた。

ジンとした痺れが脳髄まで届き、あえかな声を洩らしてしまう。

二度と交わすことはないと思っていた佑希哉との口づけに、史宣は図らずも感極まり、胸底から込み上げてくるものがあった。

史宣からも佑希哉の唇を啄《ついば》み、湿った粘膜を繰り返し接合させるうちに欲情が募ってきて、もっと深く激しい交歓を求めていた。

薄く解いた唇の隙間から佑希哉が舌を入れてくる。

「んん……っ、んっ……」

口腔《こうこう》をまさぐり、かき混ぜられ、艶《なま》めかしい声が出る。

搦《から》め捕《と》られた舌を強く吸われると、眩暈がするような恍惚《こうこつ》が襲ってきて、佑希哉の背中に腕を回して縋《すが》った。

そのまま、押し倒されたというより、史宣が佑希哉を引き寄せる形でラグを敷いた床に横になり、覆い被さってきた佑希哉と濃厚なキスを続けた。

普段の徹底した紳士ぶりからは想像もつかないが、佑希哉も人並みに欲望を持っており、それなりにすることはしてきたようだ。

キスで史宣を酔わせながら、セーターの裾から手を入れ、下に着たシャツのボタンを外していって前を開き、素肌に手を這《は》わせる。

他人の手で胸板を撫で回されるのは初めてだ。

史宣は感じるたびにビクンッと身を竦め、肌を粟立たせ、敏感な反応を見せた。

胸元まで捲《まく》り上げられたセーターを頭から脱がされる。袖を通しただけのシャツは着たままにしておかれた。

外気に触れて尖《とが》った乳首を摘み上げられ、指の腹で磨《す》り潰すように刺激される。

「あ……っ、あっ。だめ、だめ。あっ」

自分では弄《いじ》ったことがなかったので、こんなに感じるとは知らず、声を上げるたびに恥ずかしさでいっぱいになる。

「可愛い」

佑希哉は史宣の胸板を手のひらで撫で回し、指に引っかかる乳首の感触を愉しんでは、交互に口に含んで吸ったり、舌を閃《ひらめ》かせて弾いたりする。肥大して硬くなった乳首をそんなふうにされると、電気を通されたように全身がビクビクと引き攣り、腰が淫らに動いてしまう。

胸に僅かの膨らみもなくても佑希哉はなんの不服も不都合もなさそうだ。

舌で乳首を転がし、舐《な》めしゃぶり、指の腹でクニクニと揉みしだいては史宣を悶《もだ》えさせ、可愛いと愛しげに囁く。

脇腹や腋下にも手と口を這わされ、臍《へそ》にも舌先を入れられる。

身動《みじろ》ぎするたびにシャツは乱れ、片方の肩が剝き出しになって、あられもない姿になる。

目を潤ませ、息を弾ませて喘《あえ》ぐ史宣の唇に宥《なだ》めるようなキスをした佑希哉は、身を起こして狭い室内を見回す。

「布団を敷いて寝ているんだね？」

史宣の部屋にはベッドがない。今まで住んできた部屋がことごとく和室だったので、簡易べッドすら持たなかった。今回初めて洋室の部屋に越してきたのだが、次にまたいつ引っ越すかしれないと思うと、やはり大きな家具は買う気になれずにいた。

「あ、ごめん」

「いい。僕がやる」

起き上がりかけた史宣を押しとどめ、佑希哉は上着を脱いでその場に畳んで置き、ネクタイを外す。そして、遠慮がちに物置の扉をスライドさせた。

押し入れと同じ広さの物置に、布団と衣類が仕舞ってある。

女物は佑希哉に買ってもらったドレスも含め、衣装ケースに詰めたままでハンガーに吊しているのは男物だけだ。しばらくはとても女装する気になれず、その気になるまで居酒屋のバイトだけして真面目に働くつもりだった。佑希哉に見られずにすんでホッとする。見られていたら居たたまれない心地になったに違いない。

佑希哉が布団一式を抱え出す間に、史宣はコタツを部屋の隅に移動させておいた。

布団が敷かれると恥ずかしさが増す。佑希哉の顔をまともに見るのに勇気が必要だった。

「優しくする」

佑希哉は史宣の傍に戻ってくると、額にキスし、羽織っているだけになっていたシャツを脱がせた。自分自身も手早くボタンを外してワイシャツを脱ぎ、上半身裸になる。

その格好で佑希哉に腕を取られて立たされ、抱き締められる。

肌と肌とが密着し、熱と鼓動が混じり合う感覚に、史宣はかつて味わったことのない充足感に浸された。

押しつけられた股間は硬くなっており、布地越しに擦り合わされているうちに史宣の性器も頭を擡げ、勃起《ぼっき》する。

唇を塞いで啄まれ、もっととねだるように口を薄く開いて舌を誘った。

佑希哉はすぐに応えてくる。

濡《ぬ》れた舌と舌を絡ませ、吸い合う。甘美で淫猥《いんわい》な行為に酔い痴《し》れた。

キスを続けながら佑希哉は腕を伸ばして天井灯から下がった紐を引き、豆電球だけ点けた状態にして部屋を暗くした。

佑希哉の手が史宣のジーンズに伸びてくる。

留め具を外され、ファスナーを下ろす生々しい音が狭い部屋に響く。

ジーンズの中に入り込んできた手で、史宣の硬くなった陰茎を下着越しに撫でられ、史宣はビクッと腰を揺らして色めいた声を上げた。

もっとされるのかと身構えたが、佑希哉はそのまま手を後ろに回し、史宣の引き締まった尻肉を撫で、摑み、揉みしだく。下着の上からとはいえ、割れた谷間まで指で辿《たど》られて、史宣ははしたなく喘いで身を竦ませた。

史宣の股間と尻肉をまさぐりながら、佑希哉はジーンズを下着ごと膝のあたりまでずり下ろし、片方ずつ脚を抜かせた。

小さな明かりが一つ点いているだけとはいえ、佑希哉に全裸を見せるのは恥ずかしかった。銭湯で男同士裸を見せ合うのとは勝手が違う。史宣の股間はいきり立ち、手で隠しきれないほど大きくなっている。それを佑希哉に摑まれ、剝き出しになった亀頭を親指の腹で撫で回されると、脳髄が痺れるような快感が込み上げ、身を捩《よじ》って喘いでしまった。

「濡れてきた」

「や、めて……っ、あ、あっ！」

ビクン、ビクン、と猥《みだ》りがわしく腰を振り、佑希哉の胸板に手をついて押しのけようとしたが、逆に腕を摑んで引き寄せられた。

くるりと体を反転させられ、立ったまま佑希哉の胸に背中を預ける形で抱き竦められる。

脚は膝を挟んで開かされ、閉じられなくされていた。

佑希哉は右手で史宣の昂った陰茎を扱き、ときどき陰嚢《いんのう》まで揉みしだきながら、左手で尖った乳首を弄る。

「あんっ、あっ、だめ。ああっ、だめっ」

史宣は上体を傾《かし》がせて悶え、淫らな嬌声《きょうせい》を上げた。

陰茎の先端からは先走りのべたついた粘液が零れていて、佑希哉の指を濡らしている。

佑希哉はそれを史宣の亀頭に塗り広げ、括《くび》れの下までぬるぬるにした。

「しばらく出していなかった？」

「……っ」

史宣は羞恥にカアッと赤くなり、曖昧に首を振る。

「そんなに恥ずかしがらなくていいのに。可愛い」

「や……あっ、んんんっ！」

耳の穴に息を吹きかけられ、耳朶《みみたぶ》を甘噛みされて、ゾクゾクした。

立っていられなくなって膝を崩しかける。

佑希哉は予期していたように史宣の体をずいっと前に押しやり、敷き布団の上に膝を突かせた。そのままシーツに横たえられる。掛け布団と毛布は足元に畳んだままにしてあった。

史宣は横寝の形で前を隠し、佑希哉がくるのを待った。

初めてで、何もかもが恥ずかしく、どうすればいいのかわからない。

傍らで佑希哉がベルトを外し、ズボンを脱ぐのを、あえて見ないで音だけ聞いていた。

佑希哉は脱いだズボンを畳んで上着を置いた場所に持って行き、戻ってくると史宣の傍らに膝を突いて枕元に何か置く。

気になって見てみると、潤滑剤入りの小振りなボトルとスキンだった。

「……用意、してたの？」

「ひょっとしたら、こんな展開もありかなと思って、コーヒーショップ近くのドラッグストアに寄ったんだ」

佑希哉は照れくさそうに言い、仰向けになった史宣の頬に触れてくる。

「僕は、できそうだよ、史宣」

史宣は佑希哉の股間に手を伸ばし、ボクサーブリーフの上から猛った陰茎を確かめた。

「こんな大きなもの、僕の中に挿《い》れたいの……？」

「嫌なら挿入はしないでおくよ」

「べつに……嫌じゃない、けど」

史宣は自分でもどうされたいのかよくわからず、覚束《おぼつか》ない口調で言って、睫毛を瞬かせる。

佑希哉は当惑する史宣の髪に指を差し入れ、生え際を優しく梳《す》き上げる。

そうされるととても心地よく、心が落ち着いてきた。

「挿《はい》らせて。きみの中に挿って繋がりたい」

「いい、よ……」

史宣は佑希哉の熱い想いに応えたいと思い、躊躇いを振り払って頷いた。

優しくするという言葉を信じているし、史宣自身、初めての経験を好ましく思っている相手とできるなら幸せだった。危ない橋を渡ってばかりの、自分のようなろくでなしをこんなふうに大切に扱ってくれる人は、そうそういない。

佑希哉は史宣の両脚を開かせて、間に体を置くと、ローションをたっぷりと指に取り、秘部に施した。

きゅっと慎ましやかに窄《すぼ》んだ襞《ひだ》を濡らし、人差し指をググッと中に差し入れる。

「んっ、ん……ううぅっ」

滑りのいい液体のおかげでスムーズに奥まで穿《うが》たれた。異物感はあるが、痛みはない。狭い器官を押し広げられて内壁を擦られる感覚に、浮ついた声が出た。

後孔を丹念に解しながら、佑希哉は史宣の腹や胸、太股に安心させるように触れてきた。

指を抜き差しされるたびに、じゅぷっ、ずぷっ、と淫猥な水音がする。

頃合いを見て二本に増やされる。二倍になった太さのものをズッと奥に押し進められるときは内股が引き攣るほど緊張したが、付け根まで受け入れて、しばらく馴染ませてからゆっくり動かされると、それにもやがて慣れ、三本揃えての挿入にも耐えられた。

慎重に史宣の中を広げ、柔らかくしていきながら、佑希哉は左手で己のものをあやすように扱いていた。

ぐるっと中で三本の指を捻《ひね》り回される。指をぴったり包んだ内壁が擦れ、淫靡な感覚が頭の天辺から爪先まで走り、史宣は嬌声を上げて顎を仰《の》け反《ぞ》らせた。

ズン、と最奥を突かれ、立て続けに声を上げてしまう。

「佑希哉さんっ……あああっ、あっ！」

縋りついていないと体がどこかへ吹き飛ばされそうな気がして、佑希哉の首に腕を回して引き寄せる。

「史宣」

佑希哉は息を乱して喘ぐ史宣の唇をキスで塞ぎ、後孔をみっしりと埋めていた指をゆっくりと抜き去った。

「ふっ、うう……ん、んっ！」

濡れそぼった指を引きずり出し、昂奮して尖ったままの乳首に残滓《ざんし》をなすりつけられる。

「あ！　あぁ、んっ……！」

史宣の注意を胸に向けさせておいて、佑希哉は枕元からスキンの入ったパッケージを取り、口に咥《くわ》えて袋を破った。

そのしぐさがエロティックで、官能を刺激する。

佑希哉はスキンを両手で素早く装着すると、史宣の脚を抱え上げ、秘孔が少し上向きになるようにした。

襞を指でまさぐり、まだ充分ぬかるんでいることを確かめる。

中心に硬い先端をあてがわれたとき、史宣は反射的に腰が引けそうになった。

「史宣。怖がらないで。ゆっくり挿れるから」

佑希哉は左手で陰茎を支え持ち、注意深く襞を割り開き、ずぷっと先端を埋めてきた。

「ひ……っ、あっ、あ……！」

ずしっと重く嵩《かさ》のあるものが体の中に進められてきて、史宣は思わず息を止め、身を強張らせかけた。

「痛い？」

「だい……じょうぶ。たぶん」

「ごめんね、もう少し奥に行かせてくれるかな」

佑希哉は史宣の顔から目を離さず、表情を見て少しずつ身を進めてくる。

亀頭が通ると、後はズズッと中程まで一気に滑り込んできた。

「あああっ！」

内側の粘膜を擦り立てられ、悲鳴を上げる。

痛みはなかったが、狭い器官を埋め尽くされる感覚に鳥肌が立つ。

「辛い？　もうやめる？」

佑希哉に聞かれ、一瞬迷ったが、首を横に振る。

佑希哉の満たされた顔が見たいと思った。史宣自身も、佑希哉の想いを受けとめて、誰かと一つになるという行為がどんなものなのか経験したかった。

佑希哉は史宣の汗ばんだ額に指を這わせ、開きっぱなしの唇を軽く啄んだ。

そうしながらも腰の動きは止めず、じわじわと史宣の中に陰茎を挿れてくる。

ときどき感じる箇所を擦られ、史宣は淫らな声を発した。

最奥まで一思いに突き上げてもらって早く一息つきたい気持ちと、こうしてゆっくり佑希哉と繋がる実感を味わいたい気持ちの両方がある。

「あともう少しだ」

佑希哉の声が感極まった響きを帯び、やがて言葉のとおり、佑希哉の下腹部が史宣の尻タブに当たった。

「全部入った。繋がったよ」

繋がった、と聞いた途端、史宣は想像以上に昂揚していた。

「うん」

気持ちが昂りすぎていて他に言葉が出てこない。

「ああ。もっと早くこうすればよかった」

佑希哉は史宣の顔中にキスを降らせながら、熱っぽい口調で言う。

「出会ってすぐきみが男だとわかったとしても、僕はやっぱりあっさりとは引けなかった気がする。もちろん、ものすごく驚いて、悩みはしたかもしれないけれど、結論は今と変わらなかったと思う」

「……セフレでもいいのなら、僕はいいよ」

佑希哉の一部が己の体の中に挿り込み、熱く脈打っている感触に酔いながら、史宣は躊躇いを払いのけ、今口にできる精一杯の言葉を言った。

「佑希哉さんがいつか結婚するときまで付き合う」

もちろん、見返りを求める気はいっさいない。

佑希哉を騙し、傷つけた罪滅ぼしがしたかった。長くても一年か二年だろうと覚悟した上で、史宣なりにケジメを付けているつもりだった。

「僕は本当はもっと欲張りなんだ。こうなったからには、きみの全部が欲しい。だけど、今はお互いまず落ち着こうか。話は後だ。時間はまだたくさんある。きみが二度と僕の前から姿を消さないと誓ってくれるならね」

「もう、黙って消えたりしない。約束する」

大道寺はきっと烈火のごとく怒るだろうが、佑希哉の真剣な気持ちを知った以上逃げられないと史宣は覚悟した。どのみち佑希哉との関係は長くは続かない。続くはずがなかった。それならば、期限付きの恋愛だと割り切り、その間だけでも佑希哉を幸せにしたい。佑希哉が史宣に飽きるまで付き合う決意をした。

「ありがとう。史宣」

愛している、と耳元で囁かれる。

官能の漣《さざなみ》に全身を洗われるような心地がして、史宣はぶるっと身を震わせた。ヒクヒクと秘孔を淫らに収縮させてしまい、中を貫く剛直を喰い締め、大きさと硬さをまざまざと意識する。

佑希哉が腰を前後に揺すりだした。

最初は小刻みに奥を押し上げるだけだったが、徐々に抜き差しするスピードと長さを増していく。

ズッズッズッと濡れた内壁を擦って陰茎を出し入れし、深々と突き上げられては引きずり出して、また穿つ動きを繰り返す。

「あうっ……あ、あっ。あああっ」

史宣はひっきりなしに悶え泣き、佑希哉の背中にしがみついて全身を揺さぶられる動きに身を委ねた。

突かれるたびに体の芯にゾクゾクするような猥りがわしい刺激を受け、声を上げずにはいられない。

佑希哉の腰使いは巧みで力強かった。

見てくれの端正な貴公子ぶりからは想像もつかないほど精力的で、史宣を容赦なく貪《むさぼ》った。

決して手荒なまねはせず、佑希哉の反応を逐一見て、緩急を調節する。

おかげで史宣は初めてにもかかわらず、はしたないほど感じさせられ、乱された。

「ああっ、イクッ。もう、イッちゃう……っ!」

陰茎を手で扱かれながらズンズンと腰を突いて陰茎を抜き差しされ、史宣は惑乱しながら射精した。

腰が大きく撥《は》ね、全身に官能の痺れが走り、しばらく痙攣《けいれん》が治まらない。

そこをさらに佑希哉のもので抽挿されて責められ、激しい嬌声を上げて追い詰められた。

「……っ、く……っ!」

佑希哉も史宣の中で達したのがわかった。

「史宣」

佑希哉は息を荒げたまま、史宣のわななく唇を塞ぎ、奪う。

唇の端から零れ出た唾液を舐め啜《すす》り、舌を搦め捕ってまさぐる。史宣も熱に浮かされた心地で応えた。

汗ばんだ肌をくっつけて抱き合い、何度もキスを交わし、髪や顔を互いに撫で合い、昂奮が静まるまで後戯を愉しんだ。

やがて汗が引いてくると、佑希哉は名残惜しげに史宣の中から己を引き抜き、スキンの処理をした。

「明日は何時からアルバイトに行くの？」

「八時。遅番だから」

「じゃあ、夕方までゆっくりできるね」

佑希哉はこのまま泊まっていき、明日も史宣とギリギリまで過ごしたいようだ。

史宣も佑希哉がすることをしたらすぐに帰り支度をするような男でなくて嬉しかった。

佑希哉は足元に畳まれていた毛布と掛け布団を引き上げると、史宣に身を寄せて布団に横になった。

誰かの温もりをすぐ傍で感じながら寝るのは初めてだ。

これで本当によかったのかと悩む気持ちは、完全には払拭《ふっしょく》し切れていなかったが、この人肌の温もりを手放したくないと思ってしまう。

史宣は佑希哉の肩に顔を埋め、満ち足りた心地で眠りに落ちた。

5

十二月は仕事が山積みで、年末から年始にかけても大道寺《だいどうじ》はゆっくりできなかった。

毎年年始には沼崎《ぬまざき》家に挨拶しに行くのだが、その時間も取れず、佑希哉《ゆきや》と会ったのは年が明けて一週間経ってからだった。会うのは、史宣《しのぶ》に関する調査報告書を渡して以来だ。一ヵ月以上ぶりになる。

久しぶりに二人で食事をしようということになって、大道寺がたまに行く天麩羅《てんぷら》店で落ち合った。カウンターに並んで座り、辛口の冷酒をやりながら揚げたての天麩羅に舌鼓を打つ。

「きみのおかげで、あれから史宣とあらためて付き合っている」

佑希哉は少し面映ゆそうにしながらも、幸せが零れるとてもいい表情で大道寺に史宣とのその後を知らせる。

「べつに俺は何もしていない」

大道寺は心中複雑で、よかったなと素直に言ってやれず、そんなそっけない言葉しか返せなかった。佑希哉がどれほど史宣を好きなのかはわかるが、これで本当によかったのかと考えると、諸手を挙げて賛成できない。

佑希哉も史宣の話になると大道寺が苦虫を嚙《か》み潰したような顔をすることを承知しており、いい反応が返るとは期待していなかったようだ。

「すまん。一緒に喜んでやれなくて」

己の狭量さに嫌気が差して大道寺が低い声で謝ると、佑希哉は「いや」と、いつもと変わらぬ親しみの籠《こ》もった表情を向けてくる。

「いろいろ面倒を掛けたから、いちおう事後報告しておくべきかと思ったんだが、かえって嫌な気分にさせてしまったようだ。僕の配慮が足らなかった。謝るのは僕のほうだ」

「いや。どうなったか気になってはいたんだ」

大道寺は手酌でガラスの杯に冷酒を注ぎながら正直に言う。

「おじさんたちにはどう説明している？」

「それは、まだ何も。クルージングから戻ってからも付き合っていることになっている」

親に隠し事をするのは佑希哉としても心苦しいらしく、消沈した面持ちになる。

「さすがに僕も、史宣が実は男だったと明かすのは躊躇《ためら》うよ。昨今は同性同士でも認められる風潮にはなっているから、ちゃんと話せば理解は得られるかもしれないけれど、僕が先走って史宣を女性として紹介してしまったからね。騙《だま》されたとなれば、いくら物わかりのいい人たちでも史宣に対していい印象は持たないだろう。もう少ししたら……彼女とは結局うまくいかなかったので別れたと言おうと思っている」

「ああ。そうするしかないな。で、引き続き内緒で付き合うつもりか」

「一緒にいればいるほど好きになるんだ。別れられない」

佑希哉は真剣そのものといったまなざしをする。

大道寺が何を言おうと翻意しそうにない。佑希哉は柔軟な考え方のできる温厚な性格の持ち主だが、昔から譲れない一線がある男で、そこは頑として死守する。こうと決めたら大胆な行動も辞さないし、必要だと判断したら裏から手を回すようなこともする。ただし、決して不誠実なまねはしない。佑希哉にとって史宣は何ものにも代えがたい大切な存在なのだ。

「俺がおじさんたちにばらしたらどうする？」

実のところ、大道寺はそれをまったく考えないわけではなかった。だが、佑希哉を裏切ることに強い躊躇いがあり、セーブがかかっている。史宣と別れさせるために幼馴染《おさなな じ》みの親友を失うのは、あまりにも割に合わない。また、大道寺自身、何度か史宣と会ううちに僅《わず》かながら情を感じるようになっていた。今までしてきたことは決して褒められた話ではないが、調査員の報告を聞く限り、相手の男たちの人間性を好きになれないせいもあって、史宣の悪行を責める気にはなれない。少なくとも、佑希哉に対する史宣の言動は、ギリギリ誠実だと言っていい。

試すような質問をしてしまい、悪趣味だったと反省しかけたとき、佑希哉が神妙な顔つきで答えた。

「雅孝《まさたか》が、それが自分の正義で、人としての道義だと思うのなら、僕には曲げてくれと頼む権利はないよね。ばらしてもいいよ」

「馬鹿野郎。強がりを言うな」

自分から不穏な話題を振っておきながら、大道寺は声を荒げていた。佑希哉にもっと信用されたかったし、頼りにしてほしかった。突き放されたようでがっかりする。以前は確かに大道寺が一番近い存在だったはずだが、今はその場所には史宣がいるのだと思い知らされたようで、不満と寂しさを感じる。

「今おまえは熱病に罹っているようなものだ。三年……いや、一年経てば目が覚めているかもしれない。俺が騒ぎ立てるまでもなく解決するなら、それに越したことはない。おじさんたちにもよけいな心配をかけずにすむからな」

「可能性としては否定しきれないね」

佑希哉は怒ったふうもなく大道寺の弁にも一理あると認める。佑希哉のこういう冷静沈着で物事を客観視できるところにはほとほと感心する。尊敬もしていた。大道寺はどうしても感情的になってしまうので、なかなかこうはいかない。

「だけど、僕ではなくてきみが考えを変える可能性だって、なくはないよね」

「たとえば？」

「そうだね……きみも史宣を好きになるとか」

「はっ！」

まさか、と呆《あき》れて大道寺は思わずカウンターを叩《たた》きそうになった。

「なんなんだ、それは。あり得ないにも程がある」

「たとえばだよ、雅孝」

佑希哉は飄然《ひょうぜん》とした面持ちでうっすら笑う。

ときどき佑希哉は摑《つか》み所がなくなるが、かつてこれほど佑希哉の考えていることがわからないと思ったことはない。

大道寺は正直なところ、冷や水を浴びせられた心地だった。全身に嫌な汗を掻《か》き、心臓が不規則に脈打つ。

佑希哉の真意を探ろうと茶がかった瞳を凝視したが、そう簡単に心を読ませる男でないことは承知している。ふっと溜息をついて目を逸らした。反対に、大道寺自身が胸の奥底に隠し、持て余している後ろめたい想いを暴かれそうな気がして、佑希哉の炯眼《けいがん》を恐れたのもあった。

それを佑希哉が知ったなら、冗談でもさっきのようなことは言わないはずだ。史宣に横恋慕されて許すとは思えない。

「でも、史宣はきみが嫌いじゃないみたいだから、それだけは心に留めておいて」

「そんなふうに言わなくても、俺はもうあいつとかかわる気はない。傷つけたり、追い払ったりする気はないから、安心してくれ」

「僕はね、史宣を本当に愛しているんだ、雅孝」

「今度は惚気《のろけ》か」

大道寺は顔を顰《しか》めて苦笑いする。佑希哉の言葉に他に意味があるとは思わなかった。

佑希哉も意味深な微笑を浮かべただけでそれ以上は言おうとしない。

「惚気ついでに聞いてやるよ。ほら、飲め」

大道寺は佑希哉の杯に冷酒を注ぎ足し、空いた徳利を掲げて「同じものを追加で」とカウンターの中の従業員に頼む。

今夜はとことん酔いたい気分だった。佑希哉を一晩独占する機会が次にいつ訪れるかわからない。佑希哉の中の優先順位が、史宣と入れ替わってしまっている。

「どのくらいの頻度で会っているんだ？」

「そんなには会えてないよ。史宣は相変わらずあの居酒屋でバイトしているし。僕とは働く時間がちょうど逆だからね」

「正月は？」

「ああ、そこだけは僕が譲らずにバイトを休んでもらった。伊豆《いず》の別荘で、二人きりで新年を迎えたよ。もちろん、家族に許しをもらってね」

「史宣が男だと知られてないうちは、皆、あいつを気に入っているみたいだからな」

「騙している自覚があるから、僕としてはちょっと後ろめたかったけどね」

「知らせないほうがお互い心の平穏が保てるんなら、それも親孝行だ」

「さすがにそれはこじつけっぽくないか」

「いいんだよ、こじつけで」

いつもの調子でポンポンと遠慮のない遣《や》り取りができるのが大道寺は嬉《うれ》しかった。

この関係を壊したくないと思う。

史宣の顔を思い出すたびに胸の隅がチリッと焼けるように痛んだが、大道寺は意識しないように努め、遣り過ごした。

「しかし、おまえが男に落ちるとはなぁ」

「僕もそれは驚いている。でも、無理じゃなかった。案外、僕もバイだったのかもしれない」

僕も、と佑希哉が言ったことに大道寺はピクッと頬を引き攣《つ》らせた。気づかなかった振りをしたが、内心大いに狼狽《うろた》える。

やはり佑希哉は大道寺の性指向に気づいていたらしい。

やばいな、と頭を抱えたくなった。

これはますます、史宣への気持ちと、佑希哉へのいまだに完全には断ち切れずにいる想いに気づかれてはいけないと自戒する。

天麩羅店で二時間半ほど過ごし、店の前で佑希哉と別れた。

「次は、よかったら史宣も一緒に三人でどうかな」

「予定が合えばな」

佑希哉には気易く返しておいたが、本音はもう史宣と会う気はなかった。

会えば毎回険悪な雰囲気になるにもかかわらず、会うたびに史宣の存在が大きくなっていることを、大道寺は恐れていた。

＊

雨は突然降りだした。

午後七時過ぎ、史宣は今日初めて訪れた街で傘も持たずに雨に遭い、慌てて近くにあったコンビニエンスストアに駆け込んだ。

今夜遅くから明日にかけて雨が降るとの予報が出ていたが、史宣が帰宅するまでは天気は保つのではないかと甘く見ていた。

雑誌が置いてあるコーナーで、ガラスの壁際から歩道を打つ雨脚が弱まるのをしばらく待ったが、雨はひどくなる一方だ。通りを歩く人は皆、抜かりなく傘を差している。面倒がらずに持ってくればよかったと後悔する。ここから最寄りの駅までは徒歩七分はかかる。今の降り方で傘なしでは、着く頃にはずぶ濡《ぬ》れになっているだろう。

今日、史宣はバイト先のマネージャーから、本部で行われている従業員研修に参加するように言われ、朝からつい先ほどまで挨拶の仕方や接客マナーの講習と実技指導を受けていた。史宣が働いている居酒屋は全国展開のチェーン店で、従業員のほとんどはアルバイトだが、定期的にこうした研修が行われており、全員かならず一度は受講しなければいけないきまりになっているらしい。

今回の研修に集まったのは八名で、長机とホワイトボードのある狭い部屋で指導員に半日みっちりと鍛えられた。

最後に一人五分の個別面談が行われて順次解散となったのだが、史宣は順番が一番後で、この時間になった。

あともう五分早く帰れていたら、少なくとも駅までは濡れずに行けたのに、運が悪かった。

ふう、と溜息を洩《も》らし、店内をぐるりと一巡する。

仕方がないからビニール傘を買って帰ろうとレジ脇に近づいていくと、すぐ傍の自動扉がウインと開いて、男性客が入ってきた。

何気なく顔を見た史宣は、奇遇に驚いて目を瞠《みは》る。

トレンチコートを着た大道寺も意表を衝かれたようで、信じ難そうな表情をしていた。

「なんでおまえがこんなところにいる?」

それはこっちのセリフだと言い返したかったが、顔を合わせて早々に険悪な雰囲気になるのもどうかと分別をつけ、普通に返事をする。

「今日はこの近くにある本部で研修だったんだ。あなたこそ」

「俺は夜食を買いに来ただけだ」

「事務所、この近くだったの?」

「ああ」

大道寺は史宣の全身に素早く視線を走らせ、史宣が商品のビニール傘の傍にいるのを見て、傘を持っていなくて困っていることを察したようだ。

「家に帰れば傘の一本や二本あるんだろう。買うのは無駄だ」

「でも、止むまでここにいるわけにはいかない」

「この雨は当分止まない。天気予報、チェックして出なかったのか。迂闊《うかつ》なやつめ」

大道寺の言葉はいちいち史宣の癇《かん》に障る。いいから放っておいてくれ、と言いたかったが、その前に大道寺が思いがけないことを言いだした。

「俺の事務所に予備の傘がある。貸してやるから一緒に来い」

「どういう風の吹き回し？」

てっきり嫌われているとばかり思っていた史宣は、聞き間違いではないかと疑った。

「たまたまこういうタイミングで会ったからだ。知らん顔するのも後味が悪い。ちょっと待っていろ」

大道寺は慣れた足取りでまっすぐ弁当コーナーに行くと、迷いもせずに弁当を一つ取ってレジに行き、会計をすませてきた。ここでよく買い物をするのが察せられる。

雨は路面で撥《は》ねるくらい強く降っていた。戸外は震えがくるほど寒い。

「もっとこっちに来い」

遠慮がちに傘に入っていた史宣を、大道寺が顰めっ面で引き寄せる。ダッフルコートを着た腕を無造作に摑んで引っ張られ、大道寺の胸板に肩が軽くぶつかった。

成り行きとはいえ、大道寺とここまで接近するのは初めてで、必要以上に意識してしまう。大道寺のことは嫌いではないが、苦手にはしている。どう対すればいいのか迷い、ろくに会話もないまま一つの傘の下で身を寄せ合うようにして歩くのは緊張した。

「夜食って、今夜はまだ仕事？」

ザァザァと降りしきる雨音が、二人の間に下りた沈黙の心地悪さを少しは和らげてくれていたが、それでも信号待ちしているとき、どうにも間が持たなくなって、史宣から大道寺に話しかけた。

「調査員からの報告を待っているだけだ。十時くらいになりそうだとさっき連絡があったので、今のうちに飯を食っておこうと思って買いにきた」

「報告、わざわざ事務所に残って待つんだ」

「場合による。今回、かなり神経を遣う調査を任せているので、俺もいつでも的確な指示が出せるよう待機している。そのほうが現場の調査員も心強いだろう」

「そう」

よくわからない振りをして相槌《あいづち》を打ちながら、内心では部下を思いやる大道寺の気持ちに感服していた。

史宣には辛辣《しんらつ》で手厳しいことが多いが、それは史宣が佑希哉を誑《たぶら》かしたからで、本来は情に厚い面倒見のいい男なのだろう。史宣に対しても、ぶっきらぼうながら、冷たい雨で体を濡らさないよう傘の真ん中に入らせる気遣いを見せてくれた。

大道寺の事務所は信号を渡るとすぐだった。

煉瓦《れんが》で外装されたレトロな雰囲気の三階建てビルで、低層マンションや一戸建てが多い周囲の景観にマッチしている。ビル全体が大道寺が経営している探偵事務所らしく、常緑樹が植樹された小綺麗なファサードに出されている看板には他の企業名は入っていなかった。

アーチ型の庇《ひさし》がついた玄関で、両開きの扉を開けて建物内に入る。エントランスの床はタイル張りで、天井は二階まで吹き抜けになっている。優雅な曲線を描く木製の階段が二階へと続いており、吹き抜けを見下ろす廊下の手摺《てす》りにも重厚な味わいがあった。エントランスには受付カウンターと待合用の椅子がところどころに置かれているが、全体的に明かりは絞られていて、本日の営業はすでに終了していることがわかる。

事務所には今、大道寺以外誰もいないらしい。事務所へ続く二枚扉のセキュリティロックを解除してから、大道寺は史宣に「入れ」と顎をしゃくった。

傘を貸してもらうだけのつもりだった史宣は、てっきりエントランスホールで待たされるのかと思っていたので戸惑った。

「コーヒーでも飲んでいけ。急ぎの用があるなら無理には勧めないが」

「用はないけど……いいの？」

「俺も今からお茶を淹《い》れる。ついでだ」

頭の片隅で、理性がやめておけ、遠慮しろと囁《ささや》きかけていたが、それより史宣は大道寺のことをもう少し知りたいという興味や好奇心を抑えきれなかった。優しい印象よりも冷淡で意地悪な言動に傷つけられることのほうが多いのに、なぜか嫌えない。

大道寺のほうも、案外、史宣と似たような気持ちでいるのかもしれなかった。

一度腹を割って話したら、もっとお互いを理解し合えるのではないかという気がして、無視しきれない。大道寺には、佑希哉とは全然違う魅力があった。それが史宣を惹きつける。これ以上近づいてはいけないと頭の中で警鐘が鳴るにもかかわらず、千載一遇の機会をふいにしたくない欲求に負けていた。

大道寺は大道寺で、史宣を引き留める発言をした自分自身に当惑しているようだった。

一瞬、史宣と視線がかち合ったとき、やっぱり帰れと言い直そうかどうしようかと迷う色が瞳をチラリと過《よぎ》るのがわかった。同じように迷い、同じように自制する声を頭の中で響かせていることが、史宣には自分のことのように察せられた。

それが史宣の背中を押した。

「じゃあ、ちょっとだけ」

史宣が返事をすると、大道寺も腹を決めた様子で頷《うなず》いた。

事務所内の内装や事務用の什器《じゅうき》、備品等も昭和初期以前を彷彿《ほうふつ》とさせる懐古調のデザインのもので統一されており、大道寺の拘《こだわ》りと遊び心が随所に感じられた。もっと合理主義的な印象を抱いていたので、意外だった。大道寺の新たな一面を見た気がする。

所員のデスクが配置された広いフロアを進んでいくと、奥に所長室と秘書室があった。

所長室は十二畳程度の広さの洋室で、どっしりとした横長の両袖のある机と革張りのエグゼクティヴチェアが目に入る。部屋の中程に据えられた応接セットの椅子も、座るのを躊躇うような豪勢さだ。

大道寺は応接セットのセンターテーブルに、買ってきた弁当入りの袋を置くと、史宣に「座って待っていろ」と声を掛けた。

史宣はダッフルコートを脱いで、四つある椅子の一つに遠慮がちに腰を下ろす。

大道寺もトレンチコートを壁際に置かれたポールハンガーに掛けると、所長室を出て行った。給湯室にお茶を淹れに行ったのだろう。

待つ間手持ち無沙汰《ぶさた》だったが、勝手に室内を歩き回るのも不作法だし、大道寺がきっといい顔をしないだろうと思われたので、おとなしく椅子に座ったままでいた。

ふかふかの椅子は座り心地がとてもよく、室内の快適な暖かさもあって、眠気を誘われた。

普段なら朝は遅くまで寝ているのだが、今日は研修に行かなくてはならなかったので、久々に午前七時という、今の史宣には早い時間に起きた。前日の勤務が遅番で寝たのが四時少し前だったため、睡眠不足は否めない。

欠伸《あくび》を嚙《か》み殺しているところに大道寺が戻ってきた。

「研修で疲れたのか」

大道寺はトレイに載せてきたマグカップと、クッキーを盛った菓子皿を史宣の前に置き、揶《や》揄《ゆ》する口調で言う。

「慣れないことをいろいろさせられたから」

史宣はバツの悪さをごまかそうと、コーヒーが入ったマグカップを覗《のぞ》き込む。

「……ミルク、入れてくれたんだ」

「佑希哉が、おまえはコーヒーに砂糖とミルクを入れるんだと言っていた」

大道寺はいかにもどうでもよさそうな顔つきで返すと、史宣の向かい側の椅子に腰を下ろし、お茶の入った湯飲みを手元に引き寄せる。弁当は袋から出して蓋を外す。箸を割るしぐさにそこはかとなく育ちのよさが漂う。こういうところは佑希哉と似ているなと思って、自然と頰が緩んだ。

「佑希哉さん、そんなことまで話すんだ」

大道寺にはなんでも相談してきたようなので、佑希哉が史宣とのことも隠さず話していたとしても不思議はなかったが、実際大道寺の口から自分のことを聞くのはきまりが悪い。もしかするると、セックスのときの史宣の痴態についても話しているのではないかと思うと、羞恥に顔から火が出そうだ。今すぐ帰りたい気持ちになる。

史宣の考えを見透かしたのか、大道寺は弁当を食べながら、フッと口元を綻ばせる。

「佑希哉はベッドの中でのことまで他人にペラペラ喋《しゃべ》るような浅慮で悪趣味な男じゃない。安心しろ」

「でも、僕と寝ていることは話したんでしょ？」

「直接聞いていないが、縒《よ》りを戻して順調に付き合いを続けていると言われたら、普通それ込みだと思うだろう。正月は二人で沼崎家所有の伊豆の別荘で迎えたそうじゃないか」

「言っておくけど、僕から誘ったわけじゃないからね」

史宣はつい言い訳がましいことを口にしていた。佑希哉とはもう会わない、会わないほうがいい、と大道寺の前で啖呵《たんか》を切ったにもかかわらず、結局は寝てしまって、ずるずると付き合い続けている後ろめたさから、軽蔑されたくない気持ちが膨らんだ。

「そもそも、あんたがこの状況を作ったんだ。僕はあんたに佑希哉さんと別れろと言われたから引っ越しまでして姿を消したのに、わざわざ捜して佑希哉さんに居場所を教えて、かえって僕たちを焚きつけた」

「ああ。それに関しては、まさしく俺のせいだ。おまえに言われるまでもない」

大道寺は八割方食べた弁当の箱をテーブルに置くと、湯飲みを取ってお茶を飲み、ドン、といささか荒っぽく底をテーブルに打ちつけた。

珍しく穏やかだった二人の間の空気に、みるみるうちに暗雲が垂れ込める。

大道寺とはいつもこうだ。

感情をうまく抑えきれず、言わなくてもいいことを言い、大道寺を不機嫌にさせてしまう。なぜなのだろうと自分でも不可思議でならない。佑希哉と一緒にいるときには、いつでも素直な気持ちでいられて、佑希哉を傷つけないよう言動の一つ一つに気を遣うのに、大道寺が相手だと我を張りがちだ。

大道寺とはきっともう会うこともないだろうと顔を合わせるたびに最後だと意識するが、なぜか縁が切れず、大道寺のほうから仕事だと言って訪ねてきたり、今夜のように偶然会ったりする。そのたびに史宣は、自分はこの男を嫌いにはなれないと自覚させられ、会えたことをまんざらでもなく思うのだ。

大道寺を嫌いになれない。会えばどうしようもなく惹きつけられる。普段は考えないようにしているが、ふとした拍子に大道寺の顔が脳裡《のうり》に浮かぶことが何度かあって、なぜだろうと不思議で仕方なかった。

佑希哉のことはもちろん愛している。抱き合っていると、これ以上の幸せはどこにもないと本気で思うし、佑希哉の喜ぶ顔が見られるならなんでもしたい気持ちもある。

佑希哉さえいれば他に何もいらないはずなのに、そこに大道寺が入ってくると、たちまち足元がぐらつく。

大道寺と向き合うたびに、史宣は自分で自分の気持ちがわからなくなる。嫌いではない。かといって、特別な感情を抱いているつもりはないのに、一挙手一投足が気になる。会えば意識し、その他大勢と同じ気持ちで見ることができない。

本音は、嫌いではない、ではなく、好きなのではないか。ふとした拍子にそんな考えに至り、完全に否定しきれず不安に襲われる。疑惑と焦燥と罪悪感に悩まされ、落ち着けない気分になる。佑希哉との関係にはなんの不満もないし、不足もない。自分のような人間をあれほど誠実に、真摯《しんし》に愛してくれる男は他にはいない。大道寺は、そもそも史宣のことを胡散臭《うさんくさ》がり、佑希哉から遠ざけようとしていた男だ。今でもきっとよくは思っていないだろう。佑希哉は、大道寺も本当は史宣のことを好いていると言うが、史宣は信じていなかった。前ほどは嫌われていない感触はあるが、好かれているとは思わない。同様に、史宣自身、タイプの違う二人の男を同時に好きになるなどあり得ない。大道寺に対する摑み所のない気持ちは、何か別のものだと思いたかった。

ここはもう、早く立ち去ったほうがいい。ここにいればまたろくでもないことになりそうだという予感が不意に史宣を突き動かす。

「帰る」

大道寺も、帰ること自体は引き留めながった。

椅子から立ち上がった史宣にすぐに追いついてきて、所長室のドアを自ら開く。

「ホールで待っていろ。傘を持ってすぐに行く」

結局、大道寺と顔を突き合わせていたのは、ほんの十五分かそこいらだった。毎度こうなるのは、やはり、あまり近づきすぎてはいけない相手だからなのだろう。

ホールに出た史宣は、雨の降り具合を確かめようとエントランスの扉を開けて外を覗いた。

雨は相変わらず強く降っている。暗い中、銀の糸が空から途切れることなく落ちてきては、路面にできた水溜まりに波紋を描く。

背後でカチャリと事務所のドアノブが回される音がした。

大道寺が傘を取ってきてくれたようだ。

その僅かな音を耳にした途端、史宣の中で変なスイッチが突然入ってしまった。

なぜか、今ここで大道寺と顔を合わせると、自分が自分でなくなりそうな予感に駆られ、矢も楯《たて》もたまらず避けなくてはという気になった。

史宣は脇目も振らずに雨が降りしきる戸外に走り出ていた。

バタン、と背後で扉が閉まる。

「……っ、おいっ！」

扉が閉まる間際に大道寺が駆け寄ってきて、びっくりした声を出すのを背中で聞いた。

一度閉まった扉を開け直し、大道寺がまたもや「おいっ！」と史宣に向かって大声で叫ぶ。

その声ははっきりと聞こえたが、史宣は脚を緩めず、来た道を一目散に走っていった。なぜ逃げてしまったのか、史宣にもうまく説明できない。ただ、ここで大道寺を振り切らないと、どんどん深みに嵌《は》まっていきそうな予感がして、唐突に逃げなくてはという切羽詰まった心地になった。

大道寺には、非常識で不可解な男だと呆れられてもかまわない。むしろ、それでもっと嫌われ、二度とかかわりになりたくないと突き放されたほうが悩まずにすんでいいかもしれない。

強い雨に顔面を叩かれながら、史宣は煌々《こうこう》と青信号が点いた横断歩道を走って渡った。

地面を見ずに真っ直ぐ走り抜けたので、道路の浅い窪《くぼ》みにできた水溜まりに足を踏み入れてしまい、スニーカーがずぶ濡れになる。ジーンズの裾も雨を吸って重くなっていた。

「おいっ！」

信号を渡り終えたところで、いきなり背後から腕を摑まれる。

まさか、こんなに早く大道寺に追いつかれるとは思っておらず、ギョッとして振り返ったときり、言葉をなくしてしまった。

大道寺は明らかに怒っていた。眉も目も吊り上がっている。なにより意外だったのは、いつもは一分の隙もなくスーツを着こなしている男が、手に持った傘を差す余裕もなく史宣を追いかけてきたらしく、髪を乱れさせ、上等のスーツを水濡れと泥撥ねで台無しにしていることだった。史宣はダッフルコートを着ているが、傘を取ってきて渡して別れるつもりだったであろう大道寺は、当然トレンチコートなど羽織っていなかった。

「どういうつもりだ！」

通りを行き交う人々は、曰くありげな二人をチラチラと横目に見て歩き去って行く。

大道寺はよけいな注目を浴びていると悟ると、摑んだままだった史宣の腕をグイと引き、有無を言わさず近くの建物の軒下に連れ込んだ。すでに営業を終えてシャッターを下ろした店舗の軒を借りる。

「……ごめん」

史宣はとりあえず頭を下げた。

濡れるのもかまわず追いかけてきてくれた大道寺の姿を見て、いっきに血の気が引いて、昂《たかぶ》っていた感情が、潮が引くように遠離《とおざか》っていった。

「おまえ、もしかして俺が怖いのか」

大道寺は、嫌いなのかではなく、怖いのかと聞いてきた。

それが史宣には予想もしない一言で、えっ、と当惑してしまう。言われてみれば、初対面のときには大道寺を怖いと感じた。正体がばれるのではないか、下心を見透かされるのではないかという不安から、鋭い目をした大道寺が怖くて警戒心を募らせた。しかし、正体がばれてからは、怖いと思ったことは一度もなかった。

「怖くはない」

史宣は首を振って否定する。

長めに伸ばした前髪の先から水滴がぽとりと落ちる。それを見て、かなり濡れているんだなと自覚した。大道寺も同じくらい濡れている。史宣が衝動的に行動したせいで、またしても迷惑をかけてしまった。悪いことをしたと思い、強気に出る気をなくしていた。

どうして大道寺は逃げた史宣を放っておかなかったのか。

実のところ、史宣をどう思っているのか。

はっきり聞きたいような、聞かないでこのまま傘を借りて別れたほうがいいような、どっちつかずの気持ちで、心を乱される。

大道寺は、史宣の目をじっと探るように見据えてくる。

力強く、威圧的なまなざしで射貫かれたような心地がして、史宣は瞬きするのも憚《はばか》られた。

どれくらいそうしていただろう。

大道寺もまた何事か逡巡《しゅんじゅん》しているのだと気がついたのは、瞳がゆらりと揺らぐ瞬間を何度目かに見たときだ。

向かいの信号が三度目の青になり、『通りゃんせ』の電子音が流れだす。

不意に、大道寺が史宣の手を摑んで「行くぞ」と強引に促した。

史宣は逆らえずに、またしてもこの横断歩道を渡らされていた。

大道寺は無言で史宣を事務所に連れ帰る。

手に持った傘を開く間も惜しんで足早に建物内に駆け込む。

お互いずぶ濡れだったが、大道寺は床が濡れるのもかまわず、受付の奥にある古風なデザインのエレベータに史宣を連れて乗り、三階に上がった。エレベータは一般用ではないらしく、大道寺が懐から出した鍵を差し込まなければ動かせないようになっていた。

扉が開くと、そこは事務所ではなく住居だった。天井にアンティークなガラス製のシャンデリアが吊るされた玄関ホールと思《おぼ》しき場所で、廊下の左右と奥に扉がある。

大道寺は迷わず奥の部屋に史宣を入らせると、ようやく摑んでいた腕を離し、

「さっさと濡れた服を脱げ」

と一言、抗《あらが》うことを許さない厳しい口調で言った。

史宣は大道寺の剣幕に気圧《けお》されたのと、すでに寒気で震えがき始めていたこともあり、素直にダッフルコートを脱いだ。

大道寺自身もかなり濡れていたが、自分のことは後回しにして、室内のエアコンを最大風速にし、壁に造り付けになったガスバーナー式の暖炉にも火を点けた。その間、史宣には一瞥《いちべつ》もくれず、無言だった。

ダッフルコートを着ていたおかげで上半身はそこまで濡れずにすんだが、膝から下はジーンズが色を変えて水気で重くなるほどびしょ濡れだった。

どうするか迷っていると、いったん部屋を出て行っていた大道寺が、タオルを数枚とブランケットを持って戻ってきた。

「暖炉の前で下も脱げ。脱いだら髪と体を拭いて、ブランケットにくるまっていろ」

史宣は大道寺に渡されたタオルと毛布を受け取り、言われたとおり暖炉の前で靴と靴下を脱ぎ、ジーンズを下ろした。ブリーフとシャツ一枚というあられもない格好になった。

濡れた手足や髪をタオルで拭き、暖炉の前に敷かれたふかふかのラグに両膝を抱えて座り、ブランケットにくるまる。ブランケットは大判で、肩から爪先まですっぽり覆ってくれてもまだ余裕があった。

傍らで大道寺も濡れた服を脱いでいた。躊躇う素振りもなく、あれよあれよという間に上半身裸になり、スラックスも脱ぎ落とす。

目のやり場に困り、かえって史宣のほうが狼狽えた。

ちらっと見ただけですぐに視線を逸らしたが、見事な筋肉に覆われた腕や胸板、脚が目に焼き付いてしまった。

男同士で遠慮する必要はないと無頓着なだけかもしれないが、史宣は大道寺の裸をとても直視できず、俯《うつむ》いて目を伏せた。意識するまいとしても難しい。想像以上に立派な体軀《たいく》を見せつけられて、正直、史宣は少なからず官能を刺激されていた。佑希哉に対して本当に誠実かどうか、試されている気さえしてくる。史宣が相手だと、大道寺はそのくらいの人の悪さは発揮しそうだった。

大道寺は暖炉の火に当たりながらタオルで全身を手早く拭くと、すぐ傍に置かれた安楽椅子の背に無造作に投げかけられていたスウェット地のルームウエアを身に着けた。

「……事務所の上が自宅なんだ……？」

史宣はぼそりと訊《たず》ねた。

「昔はな。今は別に自宅を買ったから、普段はここには住んでない。ときどき泊まりになるとき使う程度だ。二日前も泊まった。神経質な質《たち》じゃないんで、あちこちに物が散らばっていて悪かったな」

何か文句があるのかと牽制《けんせい》する目つきをして突《つ》っ慳貪《けんどん》に言いながら、大道寺は乱れた髪を長い指で掻き上げる。無精な有り様を史宣に指摘されたようで、きまりが悪かったらしい。髪を無造作に崩した大道寺は凄絶《せいぜつ》な色香を放っており、あろうことかドキリとした。

慌てて気を取り直す。

「べつに悪いなんて思ってない」

史宣がそう言ったにもかかわらず、大道寺はムスッとしたまま続ける。

「今までここに上がらせたのは佑希哉だけだ。おまえまで上げることになろうとは、思ってもみなかった」

「本当に仲いいんだね、あなたと佑希哉さん」

佑希哉の口から大道寺の話が出るときよりも、大道寺の口から佑希哉の話を聞くときのほうが、史宣はより胸中を荒れさせてしまう。大道寺のほうが明らかに熱量が大きく、二人の間に割って入れない固い絆があることをひしひしと感じるからだろう。佑希哉に対して、いまだ完全には消し去れていない恋情を隠し持っている大道寺に嫉妬しているのか。それとも、こんなにまで大道寺に想われている佑希哉に嫉妬しているのか。史宣自身定かでないが、いずれにせよ、大道寺が佑希哉に固執するのを目の当たりにするのは、気分のいいものではなかった。

「ああ」

もっといろいろここぞとばかりに仲のよさを並べてみせるかと思いきや、大道寺は短く相槌を打っただけで、再びどこかへ行ってしまった。

大道寺のことは相変わらずよくわからない。気持ちが摑めそうで摑めず、相容《あいい》れそうだと思った端から、やっぱり無理だと消沈する。本当に気が合わないと感じるのであれば会っても不快なだけのはずだが、そうではないから冷たい態度が取れず、かといって愛想よくもできず、ややこしくなる。史宣も大道寺に負けず劣らず不器用だ。

ふっ、と溜息が口を衝いて出る。

史宣がいるのは、二十畳程度の居心地のいい居間だった。大正時代か昭和初期頃流行ったような重厚感のある家具調度品が置かれていて、妙に落ち着く。特に暖炉がよかった。静かな炎を見つめながら火に当たっていると、次第に気分が和らいでくる。

大道寺は十分ほどしてようやく戻ってきた。

手にマグカップを一つ持っている。差し出されて受け取ると、コーンポタージュスープだった。熱い湯気がマグカップから立ち上り、いい匂いがする。史宣は空腹を思い出した。

「飲め。体が温まる」

「ありがとう」

史宣は素直に礼を言う。

大道寺の顔つきが僅かばかり緩んだように見えた。

史宣が、ふうふう息を吹きかけながら少しずつスープを飲んでいる間、大道寺は暖炉の傍の壁に背中を預け、腕組みをして立っていた。そっぽを向いて史宣から目を逸らし、あえて見ないようにしているのかとすら思える。話しかけてきそうな気配もなかった。

シンとした部屋に、雨の音だけがする。

沈黙を破ったのはスマートフォンの着信音だった。

大道寺が濡れた服を脱ぐとき、暖炉の上部の飾り棚に置いたものだ。

「俺だ。何かあったか」

どうやら仕事の電話らしい。目つきが鋭くなって表情が引き締まる。

「……ああ、……ああ、そうか。ちょっと待て。今三階だ。すぐ事務所に戻る」

電話の相手と緊張感を漂わせた遣り取りをしながら、大道寺は史宣を牽制するように一瞥し、足早に出て行った。

連絡待ちしていると言っていた案件に何か動きがあったらしい。

史宣に投げかけた厳しいまなざしは、勝手にここから出るな、と言っていた。むろん、史宣ももうさっきみたいな馬鹿なまねをする気はない。シャツ一枚ではこの部屋から出ることもできない。

カップに入ったスープを飲み終え、暖炉の前で毛布にくるまって両脚を抱えて丸くなっているうちに、本格的に眠くなってきた。所長室にいたときにもつい欠伸を洩らしてしまったが、雨に打たれてますます疲労に拍車がかかったようだ。

しばらくは我慢していたが、とうとう眠気に抗えなくなって、毛足の長いふかふかのラグに横になり、ちょっとだけのつもりで目を閉じていた。

*

気がつくと三十分近くも史宣を放ってしまっていた。

十時頃までかかるだろうと目していた案件は、予想以上に早く動きがあり、八時半には完全に片がついた。

現場の調査員を「ご苦労様」と労《ねぎら》い、事務所の明かりを落としてセキュリティシステムをセットし、三階に上がる。

これから史宣を車で送ってやって、大道寺も帰宅するつもりだった。

乾燥機に放り込んでおいた史宣のジーンズはまだ乾ききっていなかったが、車ならば人目を気にする必要もない。ちょっとくらい史宣も我慢できるだろう。元々自分が蒔《ま》いた種だ。

「史宣。送ってやるから服を着ろ」

生乾きの衣服を抱えて居間のドアを開けながら声をかける。

返事がないのはともかく、室内に史宣の姿が見当たらないことに、大道寺は舌打ちしそうになった。てっきりまた勝手に出て行ったのだと思い、いい加減にしろという憤りと、史宣を待たせすぎたことへの後悔、史宣の身を案ずる気持ちが胸中で鬩《せめ》ぎ合う。

しかし、それもほんの僅かな間だけだった。

暖炉の傍まで来て、ラグに横寝の状態で眠り込んでいる史宣の姿が目に入るや、大道寺は気が抜けると同時に、心の底からここにいてくれてよかったと思った。

史宣はすうすうと穏やかな寝息を立てて熟睡している。

慣れない研修で疲れたと言っていた言葉を思い出す。

揺り起こして「帰るぞ」と促すのも憚られ、しばらくこのまま寝かせておいてやろうという気持ちになった。

「ったく……！」

面倒ばかりかけさせやがってと小憎らしく思う一方、史宣の寝顔から目が離せず、愛しさと庇護欲《ひごよく》がふつふつと腹の底から湧いてくる。

大道寺は史宣を起こさないよう気遣いながら、傍らに腰を下ろした。

どうせ寝るならクッションくらい持ってくればいいものをと思う。すぐ傍のソファにいくらでも投げ出してあるのに、こういうところは遠慮がちで奥床しい。生まれや育ちがどうであれ、史宣には品と華が備わっている。それは、詐欺に手を染めていても損なわれておらず、むしろだからこそ今まで何人もの男をころっと騙してこられたのだろう。

透き通るように綺麗な肌をした美貌をまんじりともせずに見つめつつ、大道寺は史宣を自分の事務所で雇うことをぼんやり考えていた。

佑希哉もそのほうが安心するのではないかと思う。夜の仕事はどうしても不摂生になりがちだし、昼間働いている佑希哉と生活サイクルもずれる。史宣は今まで事務系の仕事に就いたことはなさそうだが、まだ若いので教えればいろいろできるようになるだろう。

「……ん……」

史宣が微《かす》かに声を洩らし、長い睫毛《まつげ》を震わせる。

起きるかと思ったが、頭を動かして寝返りを打ちかけただけで、結局元の姿勢のまま深い息を一つ吐き、眠り続ける。

大道寺は史宣の頬にそっと手を伸ばし、乱れかかった髪を払いのけてやる。

一度起こして、寝るならベッドで寝ろと言ったほうがいいだろうか。それとも、送るから自分の家で寝ろと言うべきか。大道寺自身は、今夜もここに泊まってもかまわなかったので、史宣を今すぐ叩き起こしてまで帰りたいとは思わなかった。

とりあえず天井灯を消して間接照明だけにして室内を暗くしてやろうと、腰を上げかけた。

「だめ……、行かないで」

史宣が妙に甘ったるい声で大道寺を引き留め、スウェットの裾を摑んできた。

明らかに寝惚けていて、たいした力ではなかったにもかかわらず、大道寺は固まったように動けなくなった。上げかけた腰をそのまま下ろす。

史宣は安心したように大道寺の腰に頭を擦り寄せ、何事もなかったかのごとく可愛らしい寝息をたてる。

ぴとっとくっつく史宣の体温を肌に直接感じ、大道寺はあろうことか欲情してしまった。

ずっと抑え込んでいた劣情が頭を擡《もた》げ、道徳観や禁忌感を凌駕《りょうが》する。

今なら史宣は夢見心地で大道寺を佑希哉だと勘違いして抱かれるだろうという卑劣な計算が働いた。馬鹿野郎、こいつは親友の恋人だぞ、と暴挙を諫《いさ》め、押しとどめようとする声も聞こえていたが、獣欲に抗えなかった。少しずつ蓄積されていた想いが決壊し、道義も何も押し流す。後先考える余裕もなく、ブランケットを剝《は》いでシャツ一枚のしなやかな体に覆い被さっていた。

ずっしりと体重をかけてのし掛かると、史宣は赤みの強い唇を僅かに開き、隙間からちらりと舌を覗かせた。

大道寺は史宣の首裏に腕を回し、顎を擡げて唇を塞いだ。

柔らかくて温かい粘膜に触れた途端、最後に僅かばかり残っていた理性の糸が切れた。

貪《むさぼ》るように荒々しく小さな唇を吸う。

「んっ……う……」

史宣が目を覚まし、あえかな声を立てる。

何がどうなっているのかわからなそうにしていたのは一瞬だった。

すぐに史宣は相手が佑希哉ではなく大道寺だと気がつき、目を大きく見開いた。

「ど……して……っ？」

大道寺は答える言葉を持たず、キスをやめることもできなくて、史宣の口腔《こうこう》に差し入れた舌を荒々しく動かした。隅々まで蹂躙《じゅうりん》するように舐《な》め回し、掻き交ぜ、逃げる舌を追いかけて搦《から》め捕《と》る。

「ふっ……う、……んん……っ」

史宣は激しいキスに顎をわななかせ、固く瞑《つむ》った目の際に涙の粒を浮かせる。

だが、大道寺だとわかっても、押しのけようとはしなかった。頭を振って唇を避けようともしない。絡めた舌を引きずり出して弄《もてあそ》ぶと、自分からもたどたどしく閃《ひらめ》かせて応えてきた。

史宣、と呼びかけそうになるのを寸前で呑み込み、大道寺は無言で史宣の潤んだ瞳を覗き込み、濡れた唇を啄《ついば》んだ。

言い訳はしたくなかった。

史宣もそんなものは望んでいないことが、困惑と恐れと欲情のすべてを含んで複雑に揺らめく瞳を見ればわかった。濃密なキスを交わす間に、互いの惑いと罪の意識、それでももうやめられなくて相手を求める気持ちを、大道寺だけでなく史宣も感じ取っていたのだろう。

大道寺は史宣のシャツのボタンを外し、滑らかな肌にも唇を滑らせた。

「あ、あっ」

肉付きの薄い胸板を撫《な》で回し、左右の突起を指と舌とで嬲《なぶ》り、口に含んで吸い上げると、史宣はビクン、ビクン、と敏感に反応した。

動悸《どうき》を速めた心臓の鼓動と、微かに汗ばみ熱を帯びた肌、乱れた呼吸と押し殺し損ねた喘《あえ》ぎ声、史宣のすべてが大道寺を昂らせ、後戻りできなくさせる。

充血して膨らみ、猥《みだ》りがわしく尖《とが》り出した乳首を引っ張り、磨《す》り潰すように揉《も》みしだく。

史宣はくうう、と眉を寄せて呻《うめ》き、たまらなそうに顎を撥ね上げ、仰《の》け反《ぞ》った。

もっと感じさせ、泣かせたくて、大道寺はもう一方の乳首を唇で挟み、軽く歯を立てて嚙んだり舌先で弾いたりして可愛がる。

「あっ、あっ、あ……！」

小刻みに体を震わせ、悲鳴とも嬌声《きょうせい》ともつかない声を上げる史宣は色っぽかった。

大道寺はスウェットの上衣を頭から脱ぎ捨てると、史宣の体からもシャツを剝ぎ取り、お互い上半身裸になった。

肌と肌とを密着させて抱き締める。

史宣の肌は吸いつくように滑らかでしっとりしていて、大道寺の体に合わせたかのようにぴったりと隙間なくくっつく。男とも女ともそれなりに経験を積んできたが、ここまで相性がいいと感じたのは初めてで、逆に戸惑う。

史宣も心地がいいのか、自分からも細い腕を大道寺の背に回してきた。

どちらからともなく、引き寄せられるように唇を合わせる。

飽きずに舌を絡ませてキスをしながら、大道寺は史宣の下着を膝のあたりまでずり下ろし、性器を摑んだ。

すでに芯を作って強張りかけていたものは、二、三度擦ってやっただけでみるみる嵩《かさ》を増してそそり勃《た》つ。

大道寺は体をずらして史宣の股間に顔を埋め、硬くなった陰茎を口に含んでしゃぶった。

「あああっ、だ、だめ……、んんっ」

史宣ははしたない声を放ち、大道寺の頭に両手をかけて髪を掻き交ぜる。閉じようとする太股を押し広げ、大道寺は喉の奥深くまで迎え入れた小振りな陰茎を心ゆくまで口と舌とで愛撫《あいぶ》する。

「いや……っ、あ、だめ。だめ……っ」

史宣は何度もだめだと叫んだが、嫌がっていないことは大道寺の頭をむしろ股間に押しつけてくるしぐさから明らかだった。

先端の小穴から先走りの液が溢《あふ》れてくる。

大道寺はわざと卑猥《ひわい》な音を立てて吸い取り、尖らせた舌の先で隘路《あいろ》の内側まで舐め回した。

ひいいっ、と史宣が切羽詰まった声を上げ、ビクンッと腰を大きく揺らし、悶《もだ》える。

大道寺は膝まで下ろしていた下着を史宣の脚から抜き取ると、両脚を膝が胸につくほど深く折り曲げさせた。尻が僅かに浮いて、間の窄《すぼ》まりが露《あらわ》になる。

剝き出しになった秘部に大道寺は躊躇いもなく舌を伸ばした。

「ひう……！」

あっ、あっ、と史宣が浮ついた声を出す。

「やっ、いやだ。あっ」

史宣はさすがに動揺し、腰を捩《よじ》って大道寺の舌を避けようとしたが、大道寺は史宣の腰を両

手でがっちりと摑んで逃がさなかった。

唾液の糸が切れ込みの間を伝い落ちるほどたっぷりと襞《ひだ》を潤わす。

舌を潜らせ、中にも潤いを送り込んだ。

その上でひくつく後孔に指を差し入れ、付け根まで穿《うが》つ。

「あぁあ……！」

史宣の体の中は熱かった。

挿入した人差し指に内壁がぴっちりと絡みつき、猥りがわしく収縮する。

最初は指一本でも窮屈で締めつけの強さに眉を顰めたが、丹念に押し広げて慣らしてやると、

二本目、三本目と従順に受け入れるようになった。

すっかり解れ、柔らかくなった後孔から、三本纏めて指をズルッと抜く。

「……あああっ」

史宣の腰が妖《あや》しく撥ねる。

大道寺はスウェットパンツを脱ぐと、勢いよく飛び出してきた陰茎にも丹念に唾を塗した。

史宣の秘部もまだ充分に濡れそぼっている。

先端を襞の中心に押しつけると、史宣のそこは誘うように収縮した。

史宣自身も胸板を上下させ、激しく昂奮しているのがわかる。

大道寺は欲情に唆《そそのか》されるまま、硬く張り詰めた性器を史宣の中に穿ち、深々と貫いた。

「あ、ひいい……っ、あっ、あっ！」

背中に爪を立てられる痛みを感じたが、大道寺はかまわず残りを奥へと進め、ズンと史宣の中を突き上げた。

「くうう」

史宣が顎を仰け反らせて喘ぎ、涙を零す。

ものすごい締めつけに、大道寺は挿入しただけで持っていかれそうになった。させまいと踏みとどまり、腹の下でのたうつ細い体を抱き竦《すく》める。

「ああ。ああっ」

挿入し、抱き締めただけで史宣は達したようだった。

本人もわけがわからなそうに混乱している。おそらくこんなことは初めてだったのだろう。猛烈な思慕が込み上げてきて、大道寺はわななく唇を夢中で吸い、貪《むさぼ》った。

史宣からも舌を絡ませて応えてくる。

大道寺は溢れっぱなしで収拾がつかなくなった愛情と欲望をぶつけるように史宣の中に穿った剛直を抜き差しし始めた。

「やっ、あ、あっ。だめ……っ、だめ、だめ！」

おかしくなる、と泣き叫び、身悶える史宣の狭い器官を擦り立て、奥を突き、掻き回す。

亀頭だけを残して引きずり出した陰茎をズンと付け根まで穿ち直すと、史宣は嬌声を放って仰け反り、後孔を淫らに収縮させる。

湿った内壁が大道寺の猛った陰茎をぴっちりと押し包む。

眩暈《めまい》がするほど心地よく、大道寺はセーブできずに抽挿のスピードを上げ、史宣の中を責め立てた。

「あああっ、イクッ、イク……！」

史宣は腰を撥ねさせ、一際高い声で叫び、大道寺に縋《すが》りついてきた。

ギュウウッと陰茎を絞られる。

「く……っ！」

ギリギリまで高まっていた大道寺も堪えきれずに放っていた。

陰茎が荒々しく脈打ち、狭い筒の中に飛沫《ひまつ》を撒《ま》き散らす。

「やあぁ……あっ」

体の中に大道寺のものを浴びせられた刺激で、史宣は立て続けに達する。

全身を激しく打ち震わせ、泣きじゃくりながら嬌声を上げる史宣を、大道寺は渾身《こんしん》の力で抱き締めた。

汗ばんだ肌と肌とを密着させ、顔中にキスをする。

しばらくそうして昂奮が治まるまで抱き合っていた。

熱に浮かされたような心地でなりふりかまわず求め、史宣からも求められたが、昂っていた心と体が徐々に平静を取り戻していくにつれ、とんでもないことをしてしまったという現実が重くのし掛かってきた。

それは史宣も同じだったようで、大道寺が僅かに腕を緩めた隙に、史宣は身を捩って起き上がり、ラグに腰を下ろしたまま大道寺に背中を向けた。

大道寺も身を起こし、あえて史宣と背中合わせになる。本当は向き直って史宣を背中から抱き締めたかったが、史宣がそれを望んでおらず、そんなことをすればますます抜き差しならなくなりそうだったので我慢した。

「悪いのは俺だ」

大道寺は史宣にきっぱりと言った。

だが、史宣は大道寺一人に責任を負わせる気は毛頭なさそうだった。

「あなただけのせいじゃない」

史宣は暗く沈んだ声で返すと、意を決したように続ける。

「……僕は、やっぱり、佑希哉さんにはふさわしくない。あなたの言ったとおりだ」

「少なくとも今夜のことで俺におまえを詰《なじ》る資格はまったくない。むしろ、おまえは俺を責めたらいいんだ」

「無理だよ、そんなの」

くっ、と史宣が唇を噛んだ気配を感じた。

「だって、あなたは僕を強姦《ごうかん》したわけじゃない。……僕も、抱かれたいと思った。最低だ。あんなに優しくて愛情深い人を裏切るなんて」

「史宣」

嫌な予感がして、大道寺は腰を捻《ひね》って史宣の白い背中を見た。

史宣はシャツに片袖を通したところで、すぐに肌は隠れた。

「ごめん。今度こそ佑希哉さんと別れるよ。あなたとも二度と会わない。佑希哉さんには、僕が誘惑したと話す」

「だめだ！　そんな卑怯《ひきょう》なまねを俺がさせると思うのか」

「言っておくけど、あなたのためじゃない。佑希哉さんをこれ以上傷つけないためだから」

史宣の決意は揺るぎなく、シャツのボタンをすべて留めた上でおもむろに大道寺と顔を合わせる。大道寺は史宣の充血した目を見て、瞳の力強さに気圧されそうになった。何を言っても翻意する気はないようだ。そういう目をしていた。

「後悔……してない……。できないんだ」

史宣は言葉を搾り出すように苦しげに言う。

「あなたと寝たこと」

俺もだ、と喉から出かけたが、大道寺にはその言葉をすんなり口にできなかった。理性と言えば聞こえはいいが、大人の狡《ずる》さが邪魔をしたのだ。保身が習性のように働いた。史宣のように損得勘定抜きに素直になりきるには大道寺は世渡りに慣れ過ぎていた。史宣の真っ直ぐさ、純粋さをこのときほど痛感したことはない。詐欺師と史宣をさんざん糾弾したが、大道寺のほうがよほど腹黒い。大道寺は己が恥ずかしくてならなかった。

「史宣。俺は……」

「何も言わないで。聞きたくない」

史宣は、ここで大道寺に何か言われたら、決意が鈍るとばかりに拒絶する。大道寺自身を拒絶しているのではないとわかるだけに、大道寺は複雑だった。

「佑希哉さんには、もっといい恋をしてほしい。僕なんか、どう考えても釣り合わないし。最初から縁があるとは思っていなかったしね」

最後は妙にサバサバした口調で言い、ふわりと儚《はかな》く微笑《ほほえ》みさえしてみせる。

無理をして気を強く保っているのがわかり、大道寺は胸が締めつけられるような苦しさを覚えた。史宣の不器用さがせつない。何もかも大道寺のせいにして、佑希哉には黙っていることもできたはずだが、そんな考えは頭を掠《かす》めもしないようだ。

史宣は大道寺が持ってきていたジーンズとセーターを身に着けると、

「帰る」

と一言だけ告げる。

大道寺には引き留められなかった。

「せめて、車で送らせろ」

史宣は少し迷う素振りを見せたが、やがて、黙って頷いた。

雨はまだ強く降り続いていた。

6

夜半過ぎまで強い雨が降った背徳の日から二日後の早朝、大道寺のマンションに佑希哉が連絡もなしに訪ねてきた。

まだ七時を過ぎたくらいの時間で大道寺は出勤の支度途中だったが、すぐに史宣のことだと察して佑希哉を部屋に上げた。果たしてこれでよかったのかと、あの晩から片時も頭を離れることなく悩み続けていたので、佑希哉から話をしに来てくれて肩の荷が下りる心地だった。

玄関先でいいと言う佑希哉を、とにかく上がれと居間に通す。

椅子を勧めたが佑希哉は首を振って断った。

罵倒《ばとう》されるのはもちろん、殴られても仕方がないと覚悟して佑希哉と向かい合う。

佑希哉は普段通り一分の隙もなくスーツを着こなしていた。出社前に寄ったという感じだった。おそらく昨晩史宣から事の顚末《てんまつ》を聞かされたのだと思うが、特に憔悴《しょうすい》した様子もなければ、気持ちを乱しているふうでもない。なにはともあれ大道寺は佑希哉が冷静で落ち着いていることに安堵《あんど》した。

佑希哉と会うのはかつて遭遇したどの修羅場や難局と対峙《たいじ》するよりも勇気のいる事だったが、この期に及んで逃げるつもりはなかった。それが史宣と佑希哉の双方に対して大道寺が取れる精一杯の誠意の見せ方だ。

「昨夜、珍しく史宣のほうから会いたいと言われて会った」

佑希哉は静かな声音で切り出した。

大道寺を見据える目は静謐《せいひつ》そのもので、怒りも嫉妬も窺《うかが》えない。代わりに、嘘やごまかしは通用しない、と大道寺の心の深い部分を抉《えぐ》り出そうとするような怖さがあって、大道寺は背筋に緊張を走らせた。

「あいつは、きみにどう話した？」

佑希哉に問い詰められたら全部正直に話す覚悟はとうにしていたので、大道寺は動揺しなかった。ひたすら申し訳ない気持ちで佑希哉の顔を見る。罪悪感と自己嫌悪に苛《さいな》まれ、針の筵《むしろ》に座る心地だったが、目を逸らすのは卑怯だと己に言い聞かせて耐えた。

「コンビニで偶然会ったところから順を追って聞いた。ちょっとした諍《いさか》いをして、雨の中飛び出してしまったことも。史宣は、濡れた服を脱いできみと二人でいるうちに、ちょっとからかいたくなってきみを誘惑したと言った。いつもきみに冷たくされて悔しい思いをしていたので、機会があれば意趣返ししてやりたかったと」

佑希哉は感情的になることなく、淡々と話す。史宣の言葉をまともに受けとめているとは思えず、大道寺も冷静に「それは違う」と否定できた。言わずもがなだと察せられたので、勢い込むこともなければ焦ることもなかった。

「なら、きみから誘ったのか」

鋭く冷静に切り込まれて、大道寺はグッと下腹に力を入れた。

「ああ、そうだ。最初に仕掛けたのは俺だった。疲れてうたた寝していた史宣に……キスをした。それで、理性の箍が外れた」

大道寺は嘘だけはつかないと決めていた。史宣が佑希哉と別れる決意をしたのなら、四の五の言う気はない。それは史宣と佑希哉の問題で、大道寺が口を出すことではないと思うからだ。たとえ大道寺が、すべて自分のせいだと言ったとしても、史宣がもう佑希哉に顔向けできないと思っているのなら、その嘘には意味がない。

「恥ずかしい話だが……俺はおまえと違って身持ちが悪い。秘書とも何度か寝ているし、他にも体だけの関係になった相手はいくらでもいる。おまけに、バイだ。……薄々気づいていたかもしれないが、俺は女より男のほうが好きなんだ」

「気づいていたよ」

案の定、佑希哉は驚きもしなかった。

それどころか、大道寺すら自覚していなかったことを言い出す。

「きみが、本当は史宣を僕と同じ気持ちで好きだということも」

「ばっ、馬鹿なことを言うな……！」

思わず声が裏返る。

さっきまで保っていた冷静さは一瞬で吹っ飛び、らしくなく動揺してしまう。

大道寺は手荒に髪を掻き上げ、「俺は……」と言い募りかけた。

それを佑希哉に、静かだが断固とした態度で遮られる。

「きみも、好きなんだろう、史宣が」

一言ずつ明瞭な声で畳みかけるように確かめられて、大道寺は否定しきれなかった。

佑希哉は大道寺が嘘をつかないと決めてこの場に臨んでいることも承知していた。長い付き合いだ。互いの気持ちは言葉にせずとも伝わる。

「……すまん」

大道寺は俯いて謝った。ほかに言うべき言葉を思いつけなかった。

「雅孝」

佑希哉は大道寺に一歩近づくと、拳を振り上げる代わりに腕をぎゅっと摑んできた。

「来てくれ。このままだと今日にもまた史宣はどこかへ行ってしまう。今度は二度と捜せない

場所に行ってしまうかもしれない。僕は嫌だ。史宣は決して僕が嫌いになったわけではないと言った。ならば諦めたくない。だが、今度ばかりは僕一人では史宣を引き留められない。きみも史宣が好きなら、僕と一緒に来てくれ。史宣を捕まえよう」

「佑希哉」

熱い口調で切々と訴えられ、大道寺は胸を衝かれた。しかし、同時にまごついてもいた。

「それはどういう意味だ。俺はどうすればいい」

まだ自分にできることがあるのならいくらでもしてやりたいが、大道寺が一緒に行ったところでどうなるものでもないだろう。かえって史宣を頑なにするだけではないかと思われた。

「あとは史宣の気持ち次第だ」

佑希哉は揺るぎのないまなざしで大道寺を見据え、おもむろに懐からスマートフォンを取り出した。

「あ、部長、おはようございます」

急な用事ができたので休ませてほしいと佑希哉は上司に電話を入れる。真面目一徹で働いてきた佑希哉がこんな形で休みを取るのはおそらく初めてだろう。上司も何があったのかと心配しているようだったが、佑希哉は「私事です。申し訳ありません」ときっぱり言い放ち、さっさと通話を終えていた。

これはもはや腹を括るほかなさそうだ。

「五分待ってくれ」

佑希哉を玄関先で待たせ、言葉通り五分でスーツに着替えて靴を履く。

「この時間ならまだそれほど道も混んでいないだろう」

地下の駐車場に駐めてある車の助手席に佑希哉を乗せ、ステアリングを握る。

「そういえば、おまえは、やるときはやる男だったな」

史宣の住むコーポに向かって車を走らせながら、大道寺は佑希哉の真剣そのものに引き締まった横顔をチラリと見た。

「誰にでも転機が何度か訪れるだろう。僕にとっては今がまさにそのときだ。僕はきみも史宣も失いたくない。たぶん史宣はきみのことも愛している。だったらどうすべきか、僕の答えは決まっている」

佑希哉は清々しく晴れやかな顔つきをしていた。信号待ちのとき、あらためて顔を見合わせ、大道寺は今の佑希哉には敵《かな》わないと感じた。こうと決めたら一直線、佑希哉には昔からそんな強靱《きょうじん》さがある。大道寺も舌を巻くほど大胆になれる男だ。

「ねぇ、雅孝。きみのためを思うなら、僕はきみに史宣を譲ればいいのかもしれないけれど、それだけはできない。譲れない。勘弁してほしい」

「馬鹿野郎。史宣もそんなことは望んでない。あいつはおまえを愛している。俺とのことは、魔が差しただけだ。だから、おまえがもう一度許すと言ってやれば、史宣は二度とおまえを裏切らない。俺も、おまえを介してしか会わないようにする」

「それよりもっといい関係の作り方がある」

佑希哉は含みを持たせた笑みを浮かべる。難しい商談を何件も成功させてきた遣り手のビジネスマン然とした、自信に溢れた表情だった。

新しい扉が開けるかもしれない。

そんな予感が大道寺にもしてきた。

佑希哉が何を考えているのかは大道寺にも薄々予測できていた。史宣が三人の関係を受け入れられるなら、確かにこれが一番いい方法に違いなかった。

「おまえが俺のことまで考えてくれるのは嬉しいが……本当にいいのか。後悔しないか。史宣は元々、おまえが見初めて好きになった相手だ。横恋慕した俺が悪いのに、おまえは俺を責めようともしない。正直、心苦しいんだが」

後々凝《しこ》りを残さないためにも、大道寺は率直に心境を吐露した。

「さっきも言ったけれど、僕はきみとの関係も大切にしたい。今はもう、きみは僕のことなどなんとも思っていないかもしれないが、僕の気持ちは昔から変わらない。僕はきみのことも好きだ。史宣を介して繋がれるのなら、そうしてみたい。史宣がいいと言えばだが」

大道寺が思っている以上に佑希哉は大道寺を理解し、気持ちを添わせてくれていたとわかり、佑希哉の深い気持ちがじわじわと胸に染みてくる。そうか。やはり、気がついていたのかと知って、照れくさくもあった。

「あいにく、俺の気持ちも変わっていない。俺は昔からおまえが好きだった」

「僕はきみを好きな気持ちとは別に、史宣を愛している。きみも、そうなんじゃないか」

「……ああ。そうだ。認めるよ、佑希哉」

とうとう大道寺は佑希哉に全面降伏した。

いっそ清々しい気持ちだった。

「だが、史宣には引かれるかもしれないぞ」

普通は引くだろうと十中八九思いながら大道寺は佑希哉に忠告する。

「聞いてみなければわからない」

佑希哉はふわりと微笑する。勝算があるかのような余裕を感じさせる笑みだ。

次の角を曲がれば史宣の住んでいる四階建てのコーポが見えてくる。

大道寺は佑希哉にすべて任せると心を決めた。

悪いことをしたのに、一言も史宣を責めなかった佑希哉の懐の深さが、史宣にはかえって苦しくて辛くて仕方がなかった。

＊

居たたまれなさをあれほど強く感じたことはない。

泣くわけにもいかずただ項垂《うなだ》れていた史宣に、佑希哉はいつもと変わらず優しく接してくれて、本当に立つ瀬がない思いだった。

「雅孝のことが好き？」

声を荒げることなく穏やかな口調で聞かれ、史宣は「わからない」としか答えられず、自分自身に絶望した。

わからないなどというふざけた返事をしても、佑希哉は慈しみに満ちた目で史宣を見つめ、苛立ちもしなければ追及してもこず、ただ「そう」と頷いただけだ。

会っていたのは三十分ほどだっただろうか。

佑希哉の会社にほど近い場所にある静かな喫茶店で話をした。そこに佑希哉を呼びだしたのは史宣だ。史宣は居酒屋に出勤する前で、佑希哉は残業の途中で抜けてきてくれていた。会いたいという史宣からの電話を昼休みに受けたときから、佑希哉もいい予感はしていなかったに違いない。今日は残業だと言いながら、無理を聞いてくれた。

コタツに座って、目の前に開いて置いた銀行の預金通帳を前に、溜息が出る。

また引っ越さなくてはいけない。それも、早急にだ。二年契約の違約金、新たな敷金、礼金、前家賃。引っ越し費用。考えていると憂鬱《ゆううつ》になってくるが、自業自得だ。

漠然と、これまでまったく縁のなかった土地に引っ越そうと考えていた。一人も知り合いがいない街がいい。そこで一からやり直す。もう男を騙してお金を巻き上げるようなことはしない。今度こそ懲りた。思いがけず相手を好きになったりすれば情が湧いてお金どころではなくなるし、離れがたくなって自分が弱くなる。それでは史宣は生きづらかった。嫌な男を騙したり誑かしたりする分には罪悪感などかけらも感じなかったが、うっかり佑希哉のような優しく頼もしい人とかかわりになると、胸が痛んで仕方がない。

昨晩は結局ほとんど眠れなかった。

喫茶店を出て佑希哉と別れ、これで全部終わったと思った途端、腑抜《ふぬ》けになったかのごとく何も考えられず何をする気力もなくなった。バイトに穴を空けるわけにはいかなかったので、どうにか仕事には出たものの、失敗ばかりしてマネージャーに何度も怒鳴られた。バイトが終わって帰るとき、今日限りで辞めたいと申し出ると、小一時間グダグダと説教された。研修にまで行かせたのに、と山ほど嫌味を言われたが、史宣はひたすら謝り続けるしかなく、解放されたときには精神的にも肉体的にも心底疲れ切っていた。

帰宅して風呂に入ると、パジャマの上に綿入れ半纏を重ねた格好で、一晩中コタツに足を突っ込み、朝までぼうっとしていた。

今日は引っ越し先を探さなくてはいけない。

のろのろとパジャマを脱いで着替えていると、ピンポン、と来客を報せるチャイムが鳴った。

史宣はにわかに身を硬くする。

壁の時計を見上げると、まだ八時前だ。

こんな時間に訪ねてくるのは佑希哉くらいしか心当たりがない。

まさかもう来ないだろう、さすがに愛想を尽かしただろうと思っていたが、昨日は充分話し合えるほどの時間がなかったので、言いそびれた恨みつらみを今朝もう一度ぶつけに来たのかもしれない。佑希哉らしくはないが、それ以外に思いつけず、史宣は素直にドアを開けた。逃げも隠れもする気はなかった。二度と黙って消えないと佑希哉に約束していたからこそ、昨日も自分から連絡して佑希哉に別れたいと告げたのだ。

ドアの前に立っていたのは案の定、佑希哉だった。顔を見た途端気まずさでいっぱいになる。なにしろ昨日の今日だ。平気な顔で佑希哉と向き合えるほどには、史宣は厚顔ではなかった。外開きのドアの陰に誰かもう一人いるとは想像もしなかった。

「おはよう。起きていたんだね」

スーツ姿の佑希哉はあまりにも普段通りで、史宣はどんな態度を取ればいいのかわからず困り果てた。爽《さわ》やかな笑顔を向けられ、バツが悪くて仕方がない。その場から逃げ出したい心地がする。

「もう会わないほうがいいと思うんだけど」

史宣は俯きがちになり、小さな声で言った。

「……僕のしたこと全部話したよね、昨日」

「いちおう聞いたけど、僕は別れることは承知していない」

「まさか。本気で言っているの？」

史宣は驚き、一歩後退《あとずさ》る。

いくら佑希哉がお人好しでも、情に厚い男でも、今度ばかりは愛想を尽かされたと思っていた。史宣が寝た相手は赤の他人ではなく佑希哉の親友なのだ。どう考えても、謝ってすむ事態ではないはずだった。

「昨日のきみは僕の話など聞いてくれそうになかったし、時間もなかったから、ひとまずあれで別れたけれど、あいにく僕はきみと別れるつもりはないんだ、史宣」

「あなた、馬鹿なの？」

史宣は思わず声を大きくしていた。

朝っぱらからコーポの共用廊下に立たせたままの相手とする話ではなかったが、部屋に上げるとまたなし崩しに抱き合ってうやむやにならないとも限らず、もうそんな甘えは許されないと自分で自分を厳しく律した。佑希哉には自分のような恥知らずで不義理ばかりする相手はふさわしくない。史宣にはもったいなさ過ぎた。

「僕なんかのどこがいいの？　いい加減で嘘つきで怠け者で淫乱なの、知っているでしょう？　よりにもよって、あなたが親友だと慕っている人ともヤッたんだよ」

「きみがろくでなしの詐欺師でも、淫乱な男好きでもかまわない。愛してる」

史宣は佑希哉の変わらない気持ちに気圧されそうになり、唖然《あぜん》として佑希哉の言葉を反復し、言葉を途切れさせた。意味がわからない。愛される資格などないはずなのに、佑希哉は性懲りもなく史宣に惚れきったまなざしを向け、熱い言葉を口にする。

「あ、愛してる……って……」

佑希哉が堅い気持ちを持ち続けてくれればくれるほど、史宣は焦った。

なんとしてでも、佑希哉に損な選択をさせてはいけないとムキになる。史宣にはどうしても佑希哉が自分といて幸せになれる気がしない。佑希哉を想っているからこそ、自分なんかではだめだという気持ちから逃れられなかった。

大道寺にも気持ちの半分を持っていかれている自覚があるので、本当に罪深いことをしていると己の無節操さが憎い。かといって、自分の心を偽り、もう二度としないと佑希哉に誓えるかどうかも心許ない。佑希哉も愛しているが、大道寺に惹かれる気持ちも確かにあるのだ。

「僕の話、ちゃんと聞いている？　僕はあなたと大道寺さんを二股かけたんだよ。ずっと認めたくなかったし、こんなことあなたに言うのも変だけど、大道寺さんのことをあなたと同じくらい好きになってしまった」

「それは、僕か雅孝か選べないという意味か？」

「そう、そうだよ。どうしてこんなことになったのか僕にも上手く説明できないけれど、今僕はあなたも彼も選べない。だから……」

だから、あなたたちの前から消える——史宣はそう続けるつもりだったが、最後まで言わせてもらえなかった。

「聞いたか、雅孝」

史宣の言葉を遮るように佑希哉が顔を横に向けて言う。

一瞬、何が起きたのかわからなかった。頭がうまく働かず、思考がフリーズしてしまう。

ドアの陰から大道寺が姿を現した。

あり得なさに史宣は血の気が引く思いがした。

正直に吐露した気持ちを大道寺にも聞かれていたのかと思うと、穴があったら入りたい心地になる。恥ずかしさに顔から火が出そうだった。

「どういうこと？　狭い。聞いてない……！」

史宣はつっかえつっかえ叫ぶと、並んで立つ二人を正視できず、逃げるように部屋の奥へと引っ込んだ。

「失礼」

「上がらせてもらうぞ」

すぐに二人が追いかけてくる。

逃げるにしろ隠れるにしろ、狭いワンルームに場所などない。

あっという間に壁際に追い詰められ、目の前に並び立つ堂々とした体躯の男二人を見上げ、観念する。史宣は背中を壁に付けたままずるずるとしゃがみ込み、床に座り込んだ。佑希哉と大道寺も腰を落とし、史宣と目線の高さを同じにする。

「どちらも選べないなら、選ばなくていいよ、史宣」

「……どういう、意味……？」

「僕と雅孝、二人できみを愛せばいい。僕たちの間ではすでに話はついている」

「えっ……何を言っているの……？　全然わからない」

史宣は混乱し、甲乙つけがたく見栄えのする男前二人に壁際で迫られて、どうすればいいのかわからなくなっていた。

「史宣、僕が好き？」

佑希哉に聞かれ、史宣は頷く。

「俺のことも好きだと言ったな？」

次に大道寺に聞かれ、また頷いた。

もう、誰にも嘘はつきたくなかった。

佑希哉と大道寺は顔を見合わせ、「聞いたか？」「ああ」と色香の滲《にじ》む声で共犯めいた遣り取りを交わす。

目の前で見ていた史宣は、このときほど二人を似ていると感じたことはなかった。

見た感じのタイプは正反対と言ってもいいくらい違うのに、本質は一緒だ。

史宣はなぜ自分が二人に同じように惹かれるのか、ようやく納得のいく答えを見つけた気がした。

「史宣、僕たち二人と付き合ってくれ。それなら何も悩まなくていい」

「待って。お願い。じゃあ、僕はどうすればいいの？」

次第に二人の男に搦め捕られていくのを感じながらも、史宣は嫌とは言えなかった。時間稼ぎするようにわからないと繰り返す。

「どうする、雅孝?」

「体に教えてやるのが一番早い」

「そうだね」

佑希哉は史宣の顔を見つめてにっこり微笑むと、史宣の髪を撫で、頬にも指を走らせ、クイと顎を擡げた。

温かな唇の粘膜が史宣の口に触れてくる。

「抱いていい?」

「心配しなくても優しくしてやる。俺と佑希哉と二人でな」

「……そんな……だって……」

「嫌?」

佑希哉の声は蜂蜜のように甘く史宣の脳髄を蕩《とろ》かす。

「嫌なら嫌と言え」

大道寺の声は厳しいが、佑希哉に負けないくらい深い情を感じさせ、史宣の体の芯をゾクリとさせる。

「……嫌……じゃない、けど」

「けど、はいらない」

「素直になれ」

二人に交互に言われ、交互に唇を塞いで吸われる。

もう史宣は抗《あらが》えなかった。

どちらも愛している。その二人を同時に失うつもりでいたところに、二人とも手に入れていいのだと説得されて、夢を見ているようだった。また一人にならなくていいのだと思うと、それだけで涙が零れてくるほど嬉しかった。

ああ、自分は孤独に疲れていたんだなと、あらためて噛み締める。

むろん、二人を好きになったのは自然の成り行きで、孤独から逃れたいためなどではなかったが、別れを決意してからは失う寂しさや辛さにも苛《さいな》まれていた気がする。

史宣の部屋の勝手を心得た佑希哉が、布団を敷きに行く。

その間、史宣は床に座り込んだまま大道寺に背中を抱かれ、舌を絡ませる濃密なキスの相手をさせられていた。

「ん……んんっ」

溢れてきた唾液を舌で掬《すく》って舐め取られ、代わりに大道寺の唾液を飲まされる。

「だ、め……こんなの……！」

「今さら俺たちにタブーがあるのか」

大道寺の声はセクシーすぎる。下腹にズンと響き、これでもかと官能を揺さぶられる。史宣は下腹部が疼いてたまらなくなり、思わず内股に力を入れて昂ってきた陰茎を少しでも宥《なだ》めようとした。

キスをしながら大道寺の指は史宣のシャツのボタンを外し、前をはだけさせていた。

「雅孝」

布団の準備ができたと佑希哉が声をかけてくる。

大道寺は史宣の腕を摑んで立ち上がらせると、史宣の背中を押しやって佑希哉に受けとめさせた。

「僕も雅孝もきみを愛してる」

佑希哉は史宣を布団の上に座らせ、大道寺がボタンを外したシャツを脱がせ、シーツに仰向けに押し倒した。

壁際に立ったままの大道寺が上着を脱いでネクタイを緩める姿が目に入る。

佑希哉自身も布団を敷く前にすでにシャツとスラックスだけになっていた。

これから二人の男に同時に抱かれるのかと思うと、不安が湧いてくる。少なからず怖くもあったが、優しくすると約束してくれた大道寺の言葉を信じて身を任せてみようと思った。

初めは佑希哉がいつものように一人で史宣を抱き、大道寺は布団に上がっても来なかった。佑希哉に愛撫されてあられもなく喘ぐ姿を、大道寺にじっと見られ、いつも以上に感じて昂奮する。

全身に手と唇を這わされ、ツンと尖った乳首を口に含んで舌で転がすように嬲られる。レースのカーテン越しに冬の朝の柔らかな日差しが差し込む中、ジーンズを脱がされて丸裸にされた脚を開かされ、股間の中心でそそり立つ陰茎を揉みしだかれる。

「あっ、あ、あああっ」

絶妙な刺激を与えられて、みるみるうちに先端が濡れてくる。

下腹部から突き上げてくるような悦楽が生まれ、はしたなく腰を浮かせて揺すり、淫らな喘ぎ声を放つ。こんな浅ましい姿を、佑希哉だけではなく大道寺にも逐一見られているかと思うと、恥ずかしくてたまらない。嫌だ、見ないでくれ、と思うのに、いやらしい体は治まりがつかないほど熱を帯びて汗ばみ、誘うように乳首を勃たせ、後孔の窄まりを妖しく収縮させる。

佑希哉も徐々に着ているものを脱ぎ捨てていき、とうとう全裸になった。

「佑希哉」

やはり上半身裸になっている大道寺が佑希哉に向かって何か緩やかに投げて寄越す。

佑希哉が片手で受け取ったのは、プラスチックボトルに入った潤滑剤だった。

「寒くないか」

佑希哉は大道寺の心配をする。

「ああ。暖房がしっかり効いているから問題ない」

「本当に僕が先でいいのか」

「もちろんだ」

大道寺は佑希哉が史宣を先に抱くことにまったく異議がないようだ。

「史宣は？　初めは僕でいい？　今さらだけど、これが三人でする初めてだから、史宣の希望も聞いておきたい」

佑希哉は律儀に史宣にも意向を確かめる。

こういうところが誰に対しても公平に敬意を払う佑希哉らしいと思って、史宣はうっすら微笑んだ。

こくりと頷き、佑希哉の頬を両手で包むようにして目を合わせる。

「好き。佑希哉さんのことが、すごく好き」

「ありがとう」

佑希哉は嬉しくてたまらなそうに微笑み返し、史宣の唇を吸ってきた。

「雅孝のことも好きだね？」

「……好き」

ここまで確かめなければ先へは進めないと佑希哉が思っているのが伝わってきて、史宣は躊躇いを払いのけて正直に答えた。

「あとで雅孝にもいっぱい可愛がってもらおう。雅孝は僕の知らないいきみのいいところをたくさん見つけてくれそうだ」

佑希哉はこのイレギュラーな状態を本気で歓迎しているようだった。

大道寺に抱かれる史宣を見たい、と史宣の耳朶を甘噛みしながら艶っぽく囁きかけてくる。

史宣は湿った息を吹きかけられてゾクゾクと身を震わせつつ、佑希哉がそうしたいなら、なんでも受け入れようと思った。大道寺に抱かれるのはもちろん史宣自身嫌ではない。感じすぎてきっと痴態を晒してしまうだろうが、佑希哉が許すのなら否はなかった。

膝裏に手をかけて両脚を曲げて開かされ、露になった秘部に潤滑剤をたっぷりと施される。つるりと入り込んできた指が狭い器官の内側にもぬめりを塗し、ぬぷぬぷと淫猥な音をさせて粘膜を潤す。

三本に増やされた指で丹念に解し、広げられ、緩んだ襞の中心に硬く猛った佑希哉の先端が押しつけられてくる。

グッと腰を前に押し出されると、滑りのいい液体のおかげでエラの張った亀頭がずぷっと史宣の中に潜り込んできた。

「あああっ」

痛みよりも愉悦のほうが大きくて、史宣は浮ついた声を上げて仰け反った。

佑希哉はそのまま動きを止めず、太くて長い陰茎を根元までズズッと押し進めてくる。

ひいいっ、と史宣は喜色に満ちた悲鳴を上げ、頭を左右に振ってビクン、ビクン、と体を痙攣させ、のたうった。

「すごいな。ひょっとして、イッたんじゃないのか」

大道寺も布団の傍に立て膝で腰を下ろし、布団に横たわる史宣を間近から見下ろす。

「いや……だ、見るな……」

史宣は潤んでぼやけた視界の中に大道寺の端整な顔が入ってきたことに狼狽え、腕を上げて顔を隠そうとした。

その腕を大道寺に摑み取られ、下ろさせられる。

「史宣。雅孝にも気持ちよくしてもらおう」

深々と貫いた陰茎を小刻みに動かしながら佑希哉に宥められる。

「雅孝、史宣を感じさせてやってくれ」

「わかった」

大道寺の手が史宣の汗ばんだ体に伸ばされてくる。

手のひらで胸板を撫で回され、尖った乳首を指で弾いて弄られる。

下半身は佑希哉にがっちりと押さえつけられ、ズンッ、ズン、と奥を突き上げられる。

「ああっ、あっ。……つっ……あっ。……あああっ」

乳首を捏《こ》ね回され、唇で挟んできつく吸い上げられる一方、後孔をリズミカルに抉られ、史宣は悶絶《もんぜつ》して泣き声を上げた。

佑希哉も大道寺も互いの動きと史宣の反応を見て動きに強弱をつける。

「ふうう……っ、いやっ。あっ！」

「気持ちいい？　いいよね。だって、中がすごい収縮してる」

「やめて……いやっ、いや……！」

「ああ、だめだ。史宣、少し緩めてくれないと……！」

佑希哉の声も次第に凄絶な色香を帯び始め、動きに余裕がなくなってきた。

「もっとギリギリまで出してから、途中で止めずにゆっくり奥まで突き戻してやれ」

汗と涙に濡れ、熱く火照った史宣の顔中にキスを散らしながら、大道寺が佑希哉にアドバイスする。

佑希哉がそのとおりにすると、史宣はきひいっ、と惑乱した悲鳴を上げて激しく上体をのたうたせた。どうにかなってしまいそうなほど感じさせられ、なりふりかまわず涙を零して嬌声を上げ続けた。

穿ち直された佑希哉のものを夢中で締めつけ、佑希哉をも喘がせる。

「あっ、もう、僕は我慢できない」

佑希哉は史宣の顔を見て、「ごめんね」と謝ると、頂点を目指して本格的に腰を動かし始めた。普段の紳士的な佑希哉からは想像もつかない荒々しさで陰茎を抜き差しし、低く呻く。

その間も大道寺は史宣の頭皮を撫で、乳首を抓《つね》ったり揉みしだいたりしながら官能を最高潮まで引き上げようとする。

「ああっ、だめ。あああっ」

肩を上下させて息を乱す史宣を落ち着かせ、濡れた頬を撫で擦り、

「おまえも佑希哉と一緒に達《い》け」

と言う。

無我夢中で史宣は絶え間なく襲いかかってくる悦楽に身を委ねた。

高波に上手く乗った感覚に見舞われ、いっきに高みへと押し上げられる。

史宣の腹の上で佑希哉が艶めかしい声を上げて達したのがわかった。

前後するタイミングで史宣も射精し、一瞬気が遠のきかけるほど深い法悦を味わった。

大道寺に貪るようなキスをされる。

佑希哉との交合を見ているだけで昂奮したのか、舌の根を引き抜かれるのではないかと思うほど激しく吸われ、口に溜まった唾液を送り込んできて史宣に嚥下《えんか》させる。史宣も熱に浮かされた心地で、夢中で応えた。

ズルリと佑希哉が史宣の中から陰茎を抜く。

「……っ、うう……！」

それにも感じて史宣は腰を震わせ、濃厚なキスの余韻も相俟《あいま》って唇をわななかせ、唾液の筋を滴らせた。

「雅孝。きみの番だ」

「ま、って。すぐは無理……っ」

これ以上されたら自分がどうなるかわからず、正気を保てなくなりそうな予感がして、史宣は狼狽えた。

だが、大道寺と佑希哉は、史宣をもっと乱れさせ、二人のものである証しを体に刻みつけたいようで、聞いてくれなかった。史宣が本気で嫌がったならやめたに違いないが、自分でもそこまで強く拒絶していない自覚がある。二人からめちゃくちゃに愛されたい願望が胸の奥に潜んでいることを、見抜かれていた。

今度は大道寺が史宣の脚の間に身を置き、とろとろに解れ、ぬかるんだ史宣の秘部を二本揃えた指で確かめる。

達したばかりの体は僅かな刺激にも反応する。

「ああ、んっ」

指を入れられただけで史宣は頭を打ち振って啜《すす》り泣きした。

「可愛い。史宣、可愛い」

乱れて顔に打ち掛かる髪を丁寧に払いのけ、額の生え際を優しく指で愛撫しながら、佑希哉が史宣を宥め賺《すか》す。

大道寺は指を抜き、下着ごとズボンを下ろすと、棍棒《こんぼう》のように硬く張り詰めた陰茎を史宣の中に挿れてきた。

「ああっ、いやっ！　だめ、だめ、だめっ」

あまりの大きさに史宣はどうにかなりそうなほど乱れ、上体を捩って逃げかけた。

そこを大道寺に両手で腰を摑んでグッと引き寄せられる。

同時に最奥をズンッと荒々しく突かれ、自分のものとも思えない獣じみた声を上げてのたうった。

「やっぱり、雅孝のもののほうが史宣は悦ぶな。羨《うらや》ましい」

「馬鹿なことを言うな」

大道寺は苦い顔をしながらもまんざらでもなさそうだ。

佑希哉は息を弾ませて喘ぐ史宣の口を優しく啄み、汗の滲む額を手のひらで押さえた。

「どう？　気持ちいい？」

「やっ。……あ、ああっ」

「さっきより感じてるみたいだ。中、締まってる？」

「ああ。搾り取られそうだ」

「動いてあげて。もっと史宣を乱れさせたい」

佑希哉に促されて大道寺が止めていた腰をゆっくりと動かし始める。

じわじわと引いては挿れ直し、またゆっくりと引く。

みっしりと筒を埋め尽くした剛直が、濡れた粘膜を巻き込むようにしながら内壁を擦り立て、刺激する。

「アアアッ」

史宣は眩暈がするほどの快感にあられもなく泣き叫び、身悶えた。

小さな失神を数え切れないほど繰り返す。

次第に大道寺も抑えが利かなくなったように抽挿のスピードを上げてきた。

「ふうっ、うっ」

荒くなった呼吸の音が史宣の耳にも届く。

「雅孝」

頭上で佑希哉が雅孝とキスを交わすのが見えた。

淫靡さに官能を刺激され、性感が高まる。

大道寺のものが史宣の中でますます膨れ上がった気がした。

次の瞬間、それがドクンと腹の中で大きく脈打ち、史宣の奥に夥《おびただ》しい量の熱い飛沫を浴びせかける。

史宣も再び達していた。

ぐったりと四肢を投げ出した史宣の体を大道寺が抱き竦める。

呼吸がなかなか整わず、声は出せても言葉は綴《つづ》れない。

背中に腕を入れて抱え起こされる。

今度は背後から佑希哉に抱き締められた。

顎を摑み取られてキスされる。

大道寺には充血して膨らんだ乳首を唇で挟まれ、舌先で擽《くすぐ》って弄ばれる。

二人の男から濃厚に愛されて、気が遠くなりかける。

「歪《いびつ》な形かもしれないけれど、僕はこれからもこうして雅孝と一緒にきみを愛したい」

佑希哉に熱っぽく言われ、史宣は躊躇いながらも頷いた。

佑希哉一人でも、大道寺一人でも、溢れんばかりに愛情を注いでもらっている気がするが、それをこれからは二人分受けとめることになるのかと思うと、贅沢で勿体《もったい》なさすぎる気がしたが、二人がそうしたいというなら、それも一つの付き合い方、愛の形だろう。

「どこまで応えられるかわからないけれど、二人がそれでいいのなら、僕はいいよ」

史宣の返事を聞いた佑希哉と大道寺は、史宣を間に挟む形で抱擁し合い、舌を絡ませるキスをする。

恋人を二人手に入れたのは、どうやら史宣だけではないらしい。

この三人でならば、これから先も上手くやって行けそうな予感がする。

幸せはこんなふうに訪れるものかもしれないと噛み締めながら、史宣も二人と交互にキスを交わし、三人でしっかりと抱き合った。

＊＊＊

毎年三月は年度末で忙しい。

今夜は遅くまで残業になりそうだ。八時をまわってもフロアには大勢の社員が残っている。

「ちょっとリフレッシュルームにいるから、何かあったら連絡して」

「はい、課長。畏《かしこ》まりました」

佑希哉は近くにいた女子社員に一言断りを入れ、ちょっと休憩をとりに出た。

リフレッシュルームにはたまたま誰もいなかった。

備え付けのコーヒーサーバーでカプチーノを淹れ、プラスチックカップを手に窓辺のベンチに腰掛けた。

懐から取り出したスマートフォンで自宅に電話をかける。

三コール目で史宣が出た。

『もしもし。佑希哉さん？』

「うん。史宣、今一人？　雅孝はまだ帰ってない？」

『今日は十時過ぎるかもしれないって言っていたよ。佑希哉さんは？』

「僕もそれくらいになりそうだ」

『今ビーフシチューを作っているところ。作りながら二人が帰ってくるのを待ってる』

「それは楽しみだな。雅孝も喜ぶよ」

『僕も残業しようかって言ったんだけど、僕が事務所に残っていても役に立たないから、先に帰宅して料理でもしてくれたほうがありがたいって雅孝さんに言われたんだ。ビーフシチューは佑希哉さんの好物だから、って言ってたよ』

「雅孝も大好きなんだ」

　言いながら佑希哉は雅孝めと苦笑していた。自分のほうが好きなくせに、なんでもかんでも佑希哉の名前を出して一人クールに決めたがる。ことに史宣の前ではついかっこつけてしまうようだ。先月から史宣を事務所で雑用係として雇いだしたので、一日のほとんどを共に過ごしている分、気が抜けないということもあるのだろう。

　佑希哉はべつに気にしていないが、雅孝は自分のほうがより長い時間史宣と一緒にいるので、佑希哉に対して申し訳なく感じているようだ。

　正直、日中も職場で史宣と共に過ごせるのは羨ましいが、離れている分佑希哉は毎晩史宣と顔を合わせるたびに惚れ直せて、それはそれで貴重だと思っている。

一緒に住もうと決めてから、三人で同居するに至るまではあっという間だった。

物件は佑希哉が探し、手続きは雅孝がすませてくれた。

互いの職場にアクセスしやすい場所に建つ築一年の一戸建てだ。前の持ち主が株で大損をして売却したがっているという情報を得てすぐ雅孝と史宣に相談した。三人とも内覧した時点で気に入った物件だった。

当初、佑希哉は雅孝と二人で折半するつもりでいたのだが、史宣から「一緒に住む条件は僕にも少し負担させてくれること」だと言われたので、いくらか出してもらった。史宣にも史宣なりの矜持《きょうじ》と男気があることを、佑希哉も雅孝も承知している。そんな史宣がどうしようもなく愛しい。

毎晩、雅孝と二人で史宣を抱き、繋がり合うたびに、三人の絆が深まっていくのがわかる。

最近では史宣を交互に抱くだけでは飽き足らず、様々な形で繋がり合うようになり、雅孝との関係もかつてなく濃厚だ。史宣もそれを喜び、歓迎している。

三人の関係は今のところ親や親族には秘密だが、佑希哉としては、いずれ正直に話して理解してもらいたいと思っている。しのぶとはどうなったのかと先日母親に聞かれたが、「ちょっと今は距離を置いている」と言うと、以来、腫れ物に触るようにしのぶのことは誰も口にしなくなった。おそらくこのままフェードアウトさせることができるだろう。男三人で一軒家をシェアして住むことにしたと言ったときも、深くは詮索《せんさく》されなかった。

「史宣、一人で寂しくない？」

『ちょっと、寂しいかも』

ずっと一人で生きてきたはずの史宣の口から寂しいという言葉が素直に出て、佑希哉は矢も楯もたまらず今すぐ飛んで帰りたくなった。

「帰ったら僕と雅孝で一晩中抱いてあげる」

『だめ……そんなこと言ったら。たまらなくなる』

「雅孝からも電話あった？」

『ないよ。あるわけ……』

ない、と言いかけた史宣の言葉を遮るようにキャッチが入ったようだ。

史宣が軽く息を呑む。

「ほら。やっぱりかかってきただろう？」

雅孝め、と冗談半分に恨みがましく思いながら佑希哉は得意げに言った。

「出てあげて。僕は十時までに帰るけど、雅孝が帰ってくるまで寝るのは待つからと伝えておいてくれるかな」

『うん。わかった。じゃあ、またあとで』

佑希哉は通話を切って回線を雅孝に譲ってやった。

手にしていたコーヒーを飲みながら、今夜はどんなふうにして三人で愛し合えるだろうと想像を巡らせる。もはや三人で愛し合う以外の形は佑希哉の頭には浮かんでこなかった。それは、雅孝にしても史宣にしても同様のようだ。奇跡のような関係だと思う。

リフレッシュルームのドアをノックして、先ほどの女子社員が顔を覗かせた。

「課長、ニューヨーク文社の田丸《たまる》さんからお電話が入っています」

「わかりました。すぐに行きます」

今夜も後一踏ん張りだ。

佑希哉は頭を切り換えて仕事に戻る。

桜咲く春はもうすぐそこまで来ていた。

あとがき

このたびは拙著をお手に取っていただきましてありがとうございます。

タイトルに「鼎」を使っていることからもご推察いただけるかもしれませんが、三人です。メイン三人というのは、番外編ショートなどではチラッと書いた記憶があるものの、がっつり一冊それをテーマにしたのは今回が初めてだと思います。

プロットを提出したときから担当様に「いわゆる3Pものの王道ストーリーではないですね」と言われていました。自分でもたぶんそうだろうと承知してはいたのですが、書き上げてみて、ああこれが私なりの三人での恋愛だ、と納得できました。こういう落ち着き方もありじゃないかなと。三人が、三人ならばどうするか。その結論に至るまでを書きたかったので、色っぽいシーンは多くないです。そのあたりもひょっとして王道の3Pものとは違ったりするのかなと少なからぬ不安を覚えつつ……。読者様にこれはこれでお楽しみいただけたなら身に余る光栄です。よろしければ感想等お聞かせくださいませ。

イラストは嵩梨《たかなし》ナオト先生にお描きいただきました。お忙しい中、どうもありがとうございました。

今回の執筆を機に三人ものを書く楽しさに目覚めましたので、また機会があれば三人で恋愛をするお話に挑戦してみたいです。次はもっと色っぽいシーンにもページを割きたい（笑）。やっぱりそのあたりもこうしたシチュエーションの醍醐味かなと思うので！　色っぽいシーンを色っぽく表現できるよう、引き続き精進いたします。

制作にご尽力くださいました編集部の皆様。いつもご指導ありがとうございます。今後ともよろしくお願いできれば幸いです。

余談ですが、最近、若い俳優さんたちが出演されている舞台を鑑賞する機会が増えました。中には女の子だと言っても疑わないほど細くて綺麗な方もいて、そうした方々を拝見するたびに、「きっとこの人が女装して傍に来たら、男だなんて見抜けない」と真面目に思ってしまいます。べつに女装しているわけでもないのにそう思わせてくれる人がいる、という現実に、作中で登場人物を女性に化けさせることに躊躇《ためら》いがなくなりました。たぶん無理じゃない……と思います！

それでは、また次の本でお目にかかれますと嬉しいです。

遠野春日《とおのはるひ》拝

この本を読んでのご意見、ご感想を編集部までお寄せください。

《あて先》〒105-8055　東京都港区芝大門2-2-1　徳間書店　キャラ編集部気付

「鼎愛 —TEIAI—」係

■初出一覧

鼎愛 ―TEIAI―……書き下ろし

Chara

鼎愛 ―TEIAI―

……【キャラ文庫】

2015年12月31日 初刷

著者 遠野春日
発行者 川田 修
発行所 株式会社徳間書店
〒105-8055 東京都港区芝大門2-2-1
電話 048-451-5960（販売部）
03-5403-4348（編集部）
振替 00140-0-44392

印刷・製本 図書印刷株式会社
カバー・口絵 近代美術株式会社
デザイン 百足屋ユウコ＋カナイアヤコ（ムシカゴグラフィクス）

ISBN978-4-19-900815-3

遠野春日の本

好評発売中

［疵と蜜］

イラスト◆笠井あゆみ

「金は貸してやる。返済期間は俺が飽きるまでだ」そんな契約で、金融ローン会社の長谷《はせ》から融資を受けた青年社長の里村《さとむら》。幼い頃に両親を殺された過去を持つ里村には、どうしても会社を潰せない意地があった。頻繁に呼び出しては、気絶するほど激しく抱いてくる長谷。気まぐれのはずなのに、執着が仄見えるのはなぜ…？　関係に思い悩むある日、里村は両親を殺した犯人と衝撃の再会を果たし!?

キャラ文庫最新刊

AWAY《アウエイ》 DEADLOCK《デッドロック》番外編2

英田サキ

イラスト✦高階 佑

ついに結婚したロブ&ヨシュア。一方、クリスマス休暇目前に、ディックが記憶喪失になって…!? DEADLOCKシリーズ番外編第二弾!!

鼎愛－TEIAI－

遠野春日

イラスト✦嵩梨ナオト

親友の佑希哉《ゆきや》から、婚約間近の女性・しのぶを紹介された探偵の大道寺《だいどうじ》。ところが、しのぶは女装で男を手玉に取る結婚詐欺師で…!?

年の差十四歳の奇跡

水無月さらら

イラスト✦みずかねりょう

美形な素材が台無しなオタクの芳樹《よしき》と出会った、大手製パン会社常務・浅野《あさの》。素性の知れない青年に、なぜか興味を掻きたてられて!?

1月新刊のお知らせ

田知花千夏 イラスト✦木下けい子 [不機嫌な弟]

中原一也 イラスト✦新藤まゆり [負け犬の領域(仮)]

水原とほる イラスト✦小山田あみ [奪還する男]

1/27(水)発売予定